愛經典

閱讀經典，成為更好的自己。

世界大戰

The War
of the Worlds

Herbert George Wells

赫伯特・喬治・威爾斯 著

陳胤全 譯

緣起

卡爾維諾說：「『經典』即是具影響力的作品，在我們的想像中留下痕跡，並藏在潛意識中。正因『經典』有這種影響力，我們更要撥時間閱讀，接受『經典』為我們帶來的改變。」因為經典作品具有這樣無窮的魅力，時報出版公司特別引進大星文化公司的「作家榜經典文庫」，期能為臺灣的經典閱讀提供另一選擇。

作家榜經典文庫從二〇一七年起至今，已出版超過一百本，迅速累積良好口碑，不斷榮登各大暢銷榜，總銷量突破一千萬冊，本書系的作者都經過時代淬鍊，其作品雋永，意義深遠；所選擇的譯者，多為優秀的詩人、作家，因此譯文流暢，讀來如同原創作品般通順，沒有隔閡；而且時報在臺推出時，每部作品皆以精裝裝幀，質感更佳，是讀者想要閱讀與收藏經典時的首選。

現在開始讀經典，成為更好的自己。

「可是，假如有生靈棲息於這些星球，他們會是誰呢？……宇宙的主宰，是我們還是他們？……這一切對於人類又意味著什麼？」

——克卜勒[1]（轉引自《憂鬱的剖析》）

1 克卜勒指約翰尼斯·克卜勒（Johannes Kepler，一五七一—一六三〇），德國天文學家、數學家，提出了著名的關於行星運動的「克卜勒定律」。《憂鬱的剖析》（*The Anatomy of Melancholy*）是英國學者羅伯特·伯頓（Robert Burton，一五七七—一六四〇）的著作，不僅對醫學，還對科學與哲學作了許多探討。

目次

上 火星來客

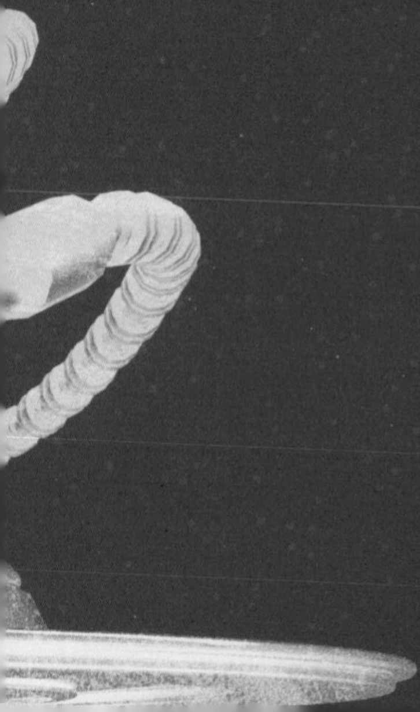

下 占領地球

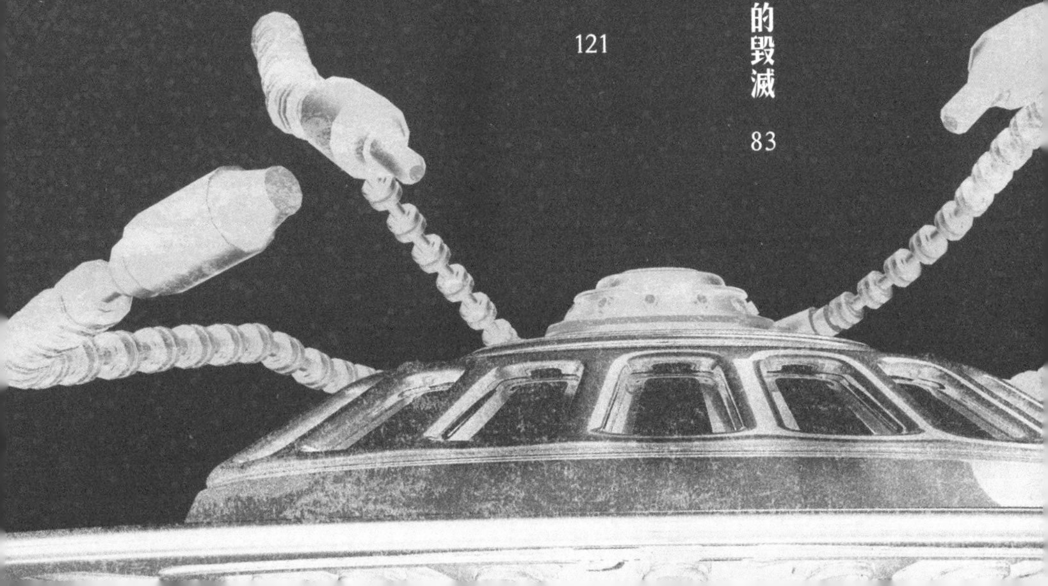

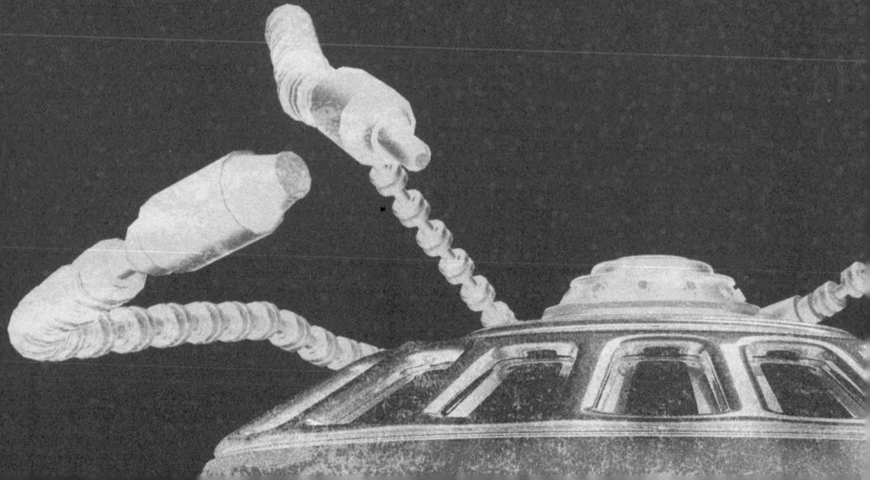

獻給

我的哥哥

弗蘭克・威爾斯

此書演繹自他的構想

上

火星來客

第一章 大戰前夜

在十九世紀行將結束的那幾年，就算有人說，一種並非神靈、卻比人類擁有更高智慧的生命，正密切注視著這個世界，觀察為各自利害而忙碌的人類，正好比人類用顯微鏡窺視一滴水裡來來往往、朝生暮死的微生物，也沒有人會相信。人類偏安一隅，為了永遠難以填滿的欲壑東奔西跑——顯微鏡下的微生物，大概也在做著同樣的事情吧。

沒有人關心，在比地球更古老的宇宙空間裡是否蟄伏著其他世界，是否會威脅人類的存亡。即使有人提過天外有天，也都斷言那些世界裡不可能存在生命。異想天開到極限，不過是認為火星上或許存在著比人類低等的生命，正恭候地球使團大駕光臨。

殊不知，在茫茫宇宙的另一頭，真的有另一種生命。其心智之於我們，正如我們的心智之於已經滅絕的獸類。他們的頭腦更發達、更成熟、更冷酷無情。他們用忌妒的目光打量著地球，精心策畫如何對付地球。二十世紀伊始，人類的大夢終於做到了盡頭。

或許我不說你也知道，火星是太陽的一顆行星，和太陽的平均距離為一億四千萬英里，得到的光和熱不足地球的一半。如果承認「星雲說」的科學性，那麼火星的年齡比地球要大。早在地球凝固、成形之前，火星上就出現了生命。火星的大小不到地球的七分之一，所以冷卻至適宜生命誕生的溫度比地球快很多。另外，火星還具備大氣、水等生命賴以生存的物質。

然而人類自視甚高，被驕傲蒙蔽了雙眼。到十九世紀末，居然沒有一個作家落過半分筆墨，提出火星上存在著比人類更聰明的生命的說法。也沒有人想到，火星既然比地球年邁，且地表面積只有地球的四分之一，又離太陽更遠，那麼火星不只是一顆更古老的星球，更是一顆步入晚年的星球。

地球總有一天會因為熱量不夠而湮滅，然而對於我們的鄰居來說，大降溫早已是必須面對的現實。

火星的物理狀況雖然有種種未知，但可以肯定的是，即使是火星最溫暖的赤道地區，一天當中的最高氣溫也比地球誕生以來出現過的最低氣溫還要低。火星的大氣比地球更稀薄，不斷萎縮的海洋只能覆蓋地表的三分之一。那裡季節更替的週期十分漫長，兩極先堆積了大量冰雪，繼而融化，引發的降溫使得溫帶變窄。

對我們來說，星球的衰亡遙不可及，然而對於火星上的居民來說，已經是大難臨頭。生死存亡迫使火星人追尋出路，壯大力量，決定狠下心來背水一戰。憑藉先進的設備，以及我們無法想像的智慧，他們環視周圍，發現僅三千五百萬英里，就有一顆離太陽更近的星球，一個充滿了希望的新生之地。那裡更加溫暖，覆蓋著大片的綠植和藍灰色的水源，還有適宜繁衍生息的大氣。透過飄浮著的縷縷白雲，還能窺見人口稠密、星羅棋布的國家，以及軍艦擁擠的海洋。這顆星球，正是人類的家園。

他們眼裡的地球居民，也就是我們人類，正如我們眼中的狐猴一樣古怪、低等。人類的智者曾經坦言，生命是以生存為目的的、無休止的戰鬥。這一說法，火星人大概也同意。他們的世界正在寒冷中走向盡頭，而新世界裡有熙熙攘攘的生命，或者說，熙熙攘攘的低等動物。向這顆離太陽更近的星球發起戰爭，是他們唯一的出路。不是侵略，就是滅亡，別無選擇。

你可能會批評火星人這樣做太不道德。然而你別忘了，人類也幹過這樣殘忍的勾當。被人類趕盡殺絕的，不僅有歐洲野牛和渡渡鳥，還有族內同胞。歐洲殖民者曾對同為人類的塔斯馬尼亞人實行種族圍剿，在短短五十年間將整個民族從地球上抹去。假如火星人抱著同樣的信念侵略地球，我們有資格打著仁慈的旗號去批評他們嗎？

關於如何來到地球，火星人憑藉遠超過地球人的數學水準做了精密的計算，備戰也可以說是整個星球戮力同心。其實，假如儀器夠先進，我們早在十九世紀就能發現一些端倪。斯基亞帕雷利[1]等人早已觀察過這顆紅色的行星，勾勒了星球表面的種種起伏，卻未能作出解釋（**順便提一句，幾百年來，火星還一直被視為戰神的化身**）。在此期間，火星人必定在爭分奪秒地備戰。

一八九四年火星衝[2]期間，有人觀測到火星亮面有強光。最先發現的是美國利克天文臺，接著是法國尼斯天文臺的貝浩登。隨後又有諸多觀測者目睹了這一現象。當年八月二日發行的《自然》雜誌將這一消息帶到了英國。我總是想，那道強光也許是火星人

1 喬凡尼・斯基亞帕雷利（Giovanni Schiaparelli，一八五三—一九一〇），義大利天文學家，在火星研究方面頗有成就。

2 火星衝（Mars opposition），指地球運行到太陽和火星之間，此時火星距地球較近。

朝地球在發射東西。他們在火星上挖了個大坑，用來安裝巨型槍炮。之後兩次衝日期間的觀測，都發現爆發強光的區域附近有奇怪的印記。然而那些印記究竟是什麼，至今仍是未解之謎。

爆發距今已有六年。在火星衝即將發生時，拉威爾用電報給其他天文機構發送了火星表面氣體爆發的訊息。爆發發生在十二日午夜前，拉威爾的分光鏡顯示，正有以氫氣為主的氣流正一邊燃燒，一邊以驚人的速度朝地球襲來。到了十二點十五分，這股氣流就消失了。他形容這股氣流彷彿是巨大的烈焰，從星球表面猛地噴射而出，「猶如炮口竄出火光」。

這個比喻如今看來很準確。然而事發翌日，竟沒有一家報紙報導此事，只有《每日電訊報》登載了一則短訊。整個世界都在無視全人類共同的威脅。其實，要不是在奧特肖認識了赫赫有名的天文學家奧格爾維，我也不會知道這起爆發事件。聽說了這則新聞後，他很激動，一時難以平靜，便邀請我一起去細細欣賞那顆紅色的行星。

儘管後來發生了那麼多事，但那一次守夜我依然記憶猶新：天文臺昏黑寂靜，角落裡的一盞燈將微弱的光投在地上，望遠鏡的計時器滴答滴答地跳著，星光鑽過屋頂的一絲窄縫灑下來。奧格爾維換了幾次位置——我看不見他，只聽見他走動的聲音。透過望遠鏡，你可以看到一小圈深藍，又小又圓的行星鑲在中間，明亮、安靜，表面隱約有些紋路，比正圓要稍扁一點。啊，它真的太小了，好像一枚閃著溫暖銀光的大頭針。星星偶爾會顫抖一下，其實是望遠鏡在根據計時器自動調整位置，以保證它不偏離視野。

我的眼睛看累了，火星忽大忽小，忽近忽遠。我們和它相隔四千萬英里，鮮有人會去想兩顆星球之間的浩渺虛空。這虛空中，只有宇宙的塵埃在漫無目的地漂流。

我記得，在望遠鏡的視野裡，臨近火星的地方還有三個淡淡的光點，那是三顆非常遙遠的星體。環繞它們的，便是深不可測的黑暗虛空。霜凍時節，黑暗的天宇中點綴著星光，你可以想像那景象。透過望遠鏡去看，黑暗顯得更加幽遠深邃。火星人給我們送來的東西，正保持著每分鐘數千英里的速度朝我們靠近，但它太小太遠，我當時並沒有看見。那東西將給地球帶來無法想像的痛苦和災難。觀察星空的我做夢也想不到——整個地球上都沒有人會想到，那夜空裡有一枚無比精準的導彈。

那一晚，遙遠的火星也出現了氣體噴發現象。這一次我倒是看見了。半夜，計時器剛報十二點，星體邊緣便泛起了紅光，輪廓微微發亮。我趕緊叫奧格爾維來我這邊看。

那晚很暖和，我口渴了，站起來活動一下雙腿，然後摸黑去小桌子那邊找水喝。奧格爾維忽然叫了一聲，他看見了朝我們襲來的火流。

就在那一晚，又一枚難以觀測到的導彈朝地球出發了，距離第一枚導彈發射剛好二十四小時（誤差大約一秒）。我清楚地記得，我正坐在桌子邊，一兩道紅光和綠光在眼前交錯閃過。那時我只想有根菸抽，哪裡會細究那微光究竟是什麼，更料不到它即將帶來的一切。奧格爾維一直看到凌晨一點才作罷，我們點起燈走回他家。在黑暗的夜空下，奧特肖和切特西的數百人都在平靜地熟睡。

關於火星上到底發生了什麼，奧格爾維那晚有諸多推測。他覺得，火星人向我們發射信號的說法簡直是不入流的天方夜譚，比較合理的解釋是大規模流星雨或者火山噴發。他指出，在這兩顆相鄰的星球上，有機物幾乎不可能發生相同的進化。

「火星上有與人類相似的生命體的機率大概是百萬分之一。」他說。

當晚數百人在子夜時分目擊了火星爆發，第二晚子夜如此，第三晚亦如此——連續十天，每晚都可以看到噴發的火焰。爆發在第十晚之後停止了，但地球上沒有一個人嘗試去解釋為什麼。或許是因為導彈噴射的氣流對火星產生了負面影響吧，用望遠鏡可以看到，火星的大氣層飄浮著一塊一塊的灰色。那是煙塵形成的厚雲層，遮住了許多平時很好辨識的區域。

各家日報終於流露出一些擔憂，到處都有人在談論火星上火山爆發。我記得半嚴肅半幽默的刊物《捧趣》在一篇政治漫畫裡提過這件事。緊接著，誰都沒有想到，導彈以每秒數英里的速度，越過寬廣的太空，相繼朝地球飛來，每時每分、每日每夜都在向地球靠近。現在想想，這反而是好事。既然那無法躲避的命運已近在眼前，世人倒是可以跟平時一樣，放心去處理自己那些雞毛蒜皮的事情了。我記得，在報社當編輯的馬爾科姆就因為拿到了一張獨家的火星照片而高興極了。現在的人可能無法理解十九世紀的報紙內容有多豐富，多麼精益求精。至於我自己，我正在很努力地學騎自行車，同時忙著寫幾篇關於文明進化過程中道德如何演變的論文。

有一天晚上，我和妻子出門散步。那時候，第一枚導彈飛出了不到一千萬英里。那晚的星空很清楚，我跟她講什麼是十二星座，然後指火星給她看。那顆明亮的星蟄伏在天頂上，吸引了無數望遠鏡的目光。那晚很暖和。走回家的時候，我們遇到從切特西或是艾爾沃思來的一行人，一邊放著音樂，一邊唱著歌。各家都準備睡了，只有二樓亮著燈。車站傳來火車轉換軌道的聲音，因為離得遠了，轟隆隆的聲音變得柔和，彷彿也是一段旋律。妻子指著夜空，要我看那紅綠黃相間的信號光。那些光懸在天上，看起來如此安寧。

第二章 天外流星

第一顆流星終於在夜裡降臨了。它出現在溫徹斯特凌晨的天空中，劃向東邊，在大氣層擦出一線火光。不少人看見了，卻以為那是一顆普通的流星。艾爾賓說它身後的是綠幽幽的光，閃爍了幾秒。隕石領域的國家級專家丹寧[1]說，流星出現的高度約九十或一百英里，降落的地點距離他大約一百英里。

那時候我正在家裡寫東西，儘管書房的落地窗朝著奧特肖的方向，百葉窗也沒放下來（**因為那段時間我喜歡觀察夜空**），但是我什麼也沒看見。這最奇異的太空來客，是在我坐在書房裡的時候落下的。如果我當時抬起頭，一定能看見。有目擊者稱，流星

1 應指威廉・弗雷德里克・丹寧（William Frederick Denning，一八四八－一九三一），英國天文學家，未受過專業訓練，卻在彗星研究領域頗有建樹。

劃過的時候嘶嘶作響，但我什麼也沒聽見。伯克郡、薩里和密德薩斯一定有許多人看見了，但大多以為那只是一顆普通的流星罷了。隕落的物體到底是什麼，那一晚大家都懶得去看個究竟。

可憐的奧格爾維倒是起了個大早，所以看見了流星。他斷定它落在了霍塞爾、奧特肖和沃金交界的公地上，決心去找它。天剛亮他就找到了。流星在公地附近撞出了一個大坑。撞出來的沙石落在荒野各處，一堆一堆，一英里半開外都能看見。石楠叢的東段著了火，薄薄的青煙升起，飄到晨光裡去。

那物體整個栽進了公地。一棵杉樹被震成了尖碎片，散落在物體的四周。露出來的部分是一個碩大的圓柱體，三十碼，表面包裹著一層硬殼，厚厚的褐色鱗片使外形柔和了一些。奧格爾維走近時，被它的大小嚇了一跳，那形狀更是奇怪，畢竟以前見過的隕石都是圓形的。因為和大氣層摩擦，隕石還是滾燙的，沒法靠得太近。這時，他聽見了一些聲響。他以為那是隕石表面各部分冷卻的快慢不同而發出的聲音，哪裡會想到，聲音其實來自圓柱體中空的內部。

他站在物體砸出來的沙坑邊緣，注視著它奇怪的模樣，對它非同尋常的形狀和顏色

驚訝了好久，隱約覺得它的降臨似乎帶著某種使命。早晨萬籟俱寂，太陽剛從延伸至韋布里奇的松樹林後面升起來，散發的光芒已經有了暖意。那個清晨，他沒有聽見一聲鳥鳴，也沒有風聲，只有燒成炭黑的圓柱體內發出窸窸窣窣的聲響。他孤身一人站在郊野中。

忽然，隕石一端的灰色焦殼開始脫落，雪片似的落在公地上，嚇了他一跳。接著有一大塊猛地掉下來，發出尖銳的聲響。他的心跳到了胸口。

他一下子昏頭了，不知道發生了什麼。雖然隕石很燙，但他還是爬下了坑，想近距離地看看這個怪東西。他猜這脫落大概是冷卻造成的，但想不通為什麼只有一端會這樣。

他發現，圓柱體的上端正在非常緩慢地旋轉。它轉得極慢，要不是注意到一個黑色印記在五分鐘內從一側轉到了另一側，他根本不會察覺。他疑惑極了。忽然，他聽見一聲又沉悶又刺耳的聲響，那黑色的印記又移動了大約一英寸，接著圓柱體的一端猛地彈了出來。那圓柱體居然是人造的，並且還中空，有一頭可以打開！裡面有東西想把它轉開！

「天吶！」奧格爾維叫道，「裡面有人！裡面有人！快被燒死了！想出來！」

那一剎那，他突然反應過來，這東西可能和火星上的火光有關。

他覺得這樣被困住一定很可怕，於是忘記了高溫，想去幫忙開門，幸好一陣熱氣將他擋住，否則炙熱的金屬早就把他的手燒傷了。他怔了一會兒，轉過身，手腳並用地爬回地面，朝沃金飛奔而去。那時大約是六點。他碰到了一個馬車夫，費了一番力氣想把剛才發生的事說明白，但他的故事和模樣都有些癲狂（**他的帽子落在了坑裡**），馬車夫徑直走了。他跑到霍塞爾橋的橋頭，酒保正在給酒館開門。他聽了也不信，以為奧格爾維是從哪裡逃出來的瘋子，想把他拉進酒館裡關起來，這一拉扯讓奧格爾維稍微清醒了一點。接著他看見了倫敦的記者亨德森，亨德森在自家的花園裡。他朝樹籬那頭叫了一聲，想試試看他能不能明白自己在說什麼。

「亨德森，」他喊道，「你昨晚看見流星了嗎？」

「啊？」亨德森回答。

「就落在霍塞爾的公地上。」

「我的天！」亨德森說：「隕石落地了啊！真厲害！」

「但不是普通的流星。是一個圓筒形的東西，人造的！裡面還有東西。」

亨德森直起身子，手裡拿著鐵鍬。

「什麼？」他一隻耳朵聽不見。

奧格爾維把剛才的事一五一十地告訴了他。亨德森慢了半拍，但總算聽進去了。他扔下鐵鍬，拿上外套，和奧格爾維一起趕回公地。圓筒還在，跟剛才一樣的姿勢，躺在坑裡，但沒了動靜，只有圓筒的頂部和身體之間露出一截光亮的金屬。可能是因為空氣灌進去，或是因為有氣體跑出來，圓筒的邊沿正嘶嘶地響。

他們仔細聽了一會兒，然後用一根樹枝敲了敲那鱗片狀的褐色金屬表面，依然沒有動靜，於是猜測裡面的人（不知道有幾個）不是昏過去了就是死了。

但兩個人也不知道該怎麼辦，只能喊一些安慰的話，然後跑回鎮上求救。你可以想像一下，那時各家店鋪剛剛開門，居民也才推開臥室的窗。明媚的陽光裡，兩個人滿身沙土，瘋了似的在街上跑。亨德森去火車站給倫敦發電報。大家之前讀了隕石的新聞，聽到這個消息算有些心理準備。

八點還沒到，就有許多小孩和沒工作做的男人去公地看「死了的火星人」。故事也是以這樣的版本流傳開的。八點四十五分，我開門收《每日紀事報》，聽報童這樣說，自然嚇了一跳，趕緊出門，朝奧特肖橋另一邊的沙地趕去。

第三章
在霍塞爾公地上

我趕到的時候，看見有二十來個人圍在隕石坑周圍。那撞入地下的巨型怪物的模樣，我就不再贅述。四周的石子地留下了燒過的痕跡，就像發生了一場爆炸，著陸時一定伴隨著烈火。我沒看見亨德森和奧格爾維，猜想他們覺得也幫不上什麼忙，於是去亨德森家裡吃早餐了。

坑口坐著四、五個男孩，兩腿晃啊晃的，朝坑裡的龐然大物扔石子玩。我叫他們別那麼做，他們才停下，在圍觀的人群裡玩起「拍到你就出局」的遊戲，像是在棒球場上玩耍。

除了他們，還有兩個騎自行車的人、一個偶爾來我家幫工專做零活的花匠、一個懷抱嬰兒的女孩、屠夫葛列格和他的兒子，以及兩三個常在火車站周圍閒晃的懶人和高爾夫球童。大家都不出聲。那時英國的百姓，有幾個對外太空的事情有基本常識呢？幾乎所有人都盯著圓柱體的一頭。那部分四方如桌面，在亨德森和奧格爾維離開以後就沒再發出什麼動靜。我想各位都是為了一堆燒焦的屍體來的，卻見到這麼個不是人不是鬼的大塊頭，心中難免失望。有的人轉身離開，有的人剛剛聞訊趕來。我爬進坑裡，腳下忽然有一陣輕微的搖晃。圓柱體的頂部不轉了。

直到這麼近，我才發現這東西的奇異之處。乍一看平平無奇，一架翻了的馬車或是被狂風吹倒攔在路中間的大樹都比它精彩。其實不然。它像是一團生鏽的氣體懸浮在那裡。受過一定科學教育的人才能看出來，那灰色的鱗片不是一般的氧化物，在圓柱體和頂蓋之間的縫隙裡閃光的淡黃色金屬，有一種不常見的色澤。「天外」一詞恰可以形容，但大多數圍觀者是無法理解的。

那時候我心中就已斷定，這東西來自火星，但我以為那裡面不可能有生物、頂蓋的旋轉是自動的。無論奧格爾維之前怎麼說，我依然相信火星上有人。我認真地想過，這圓柱體裡會有文件，文件翻譯起來會有難度，會有硬幣和模型等。但要說有生物，我不敢斷言。我等得有點不耐煩了，大約十一點鐘左右，它依然毫無動靜，於是我離開了，朝梅布里家走去，一路都在思考前面提到的那些事。但僅靠思考，沒有事實，我實在得不出什麼結論來。

到了下午，大家的反應就激烈多了。發行得比較早的晚報用加大加粗的頭條嚇了倫敦的讀者一跳：

火星來訊　沃金奇聞

諸如此類。奧格爾維發出的電報，更是驚動了英倫三島的所有天文臺。

沙坑旁的路上停著六、七輛從沃金站來的出租馬車，另外還有一輛從喬巴姆來的輕便馬車，和一輛非常氣派的大馬車。除了馬車，還有一大堆自行車，以及不顧天熱從沃金和切特西走路來的人。林林總總，規模不小。甚至還有一兩個特意打扮了一番的富家小姐。

陽光刺眼灼熱，沒有一片雲，也沒有一絲風，只有稀稀落落的幾棵松樹投下一點陰影。石楠叢裡的明火已經滅了，但通往奧特肖的那一塊平地上，目光所及都已燒得漆黑一片，呼呼冒煙。一個在喬巴姆路上賣甜食的攤販派兒子過來，提了一大桶青蘋果和薑汁啤酒來賣。

沙坑邊沿有六、七個人：亨德森、奧格爾維、一個高個金髮的男子——後來我知道他是皇家太空人斯坦特，以及幾個揮著鐵鍬和鶴嘴鋤的工人。斯坦特站在圓柱體上指揮，聲音洪亮。看來那東西的溫度已經降下來了。他臉頰發紅，汗流不止，好像正因為什麼事情發火。

圓柱體被挖出地面不少，只有底部還深陷在地裡。奧格爾維看見了人群中的我，叫我下去，問我能不能幫忙去找一下希爾頓勛爵，他是這一帶的莊園主。

人越來越多，挖掘工作難以繼續，特別是那些小男孩。奧格爾維他們想要豎些護欄，並且讓圍觀的人後退一些。他告訴我，裡面還有輕微的聲音傳來，但工人轉不開頂蓋，因為沒有地方可以抓握，使不上力。圓柱體非常厚實，所以我們聽見的微弱聲音，有可能是巨大的響聲。

我很願意幫忙跑腿，也因此有幸成了「內場觀眾」。我到了希爾頓勛爵的宅子，人家告訴我他不在，準備搭發自滑鐵盧站的那班火車從倫敦回來，六點前應該能到。那時是五點十五，我回家喝了點茶，然後走去火車站準備攔他。

第四章 圓柱體打開了

我回到公地時，太陽正在下山。大家三五成群地從沃金站過來，也有一兩個人往回走。沙坑邊上的人變多了，黑色的身影在檸檬黃的天空下攢動，人數上看兩百。有人在高聲喊，沙坑裡似乎發生了什麼事情。我的腦海裡閃過了奇怪的念頭。我往前走，聽見了斯坦特的聲音：

「後退！後退！」

一個男孩朝我跑來。

「動了！」他從我身旁跑過，高喊道：「轉了！轉開了！好嚇人，我要回家！」

我走到人群裡，發現足有兩三百人擠在這裡。摩肩接踵的人群裡，兩個富家小姐是最安靜的。

「他掉進坑裡了！」有人喊。

「後退！」好幾人喊。

人群一陣騷動。我艱難地往前擠。每個人都興奮極了。我聽見沙坑裡傳來奇特的嗡嗡聲。

「喂！」奧格爾維喊：「幫個忙讓這一群笨蛋往後退！誰知道這怪東西裡面有什麼！」

一個年輕人——好像是沃金一家店的員工——站在圓柱體上，想要從坑裡爬出來，卻又被人群推了回去。

圓柱體的頂蓋從裡面轉開了。螺旋的部分足有兩英尺，閃著亮光。有人撞了我一下，我差點摔到螺旋蓋上。蓋子應該是我轉身的時候轉出來的，掉在砂石地裡，發出重擊後的低鳴。用手肘推開身後的人，然後又回頭看那個物體。圓柱體內一片黢黑，我的眼裡只有落日的光。

大家期待的，應該是有個人爬出來。即使跟人類有點不太像，也該是個人。至少我是這麼想的。看著看著，我沒一會兒就發現陰影裡有什麼在動——一團團灰影先後出來。然後是一雙雙如炬的圓盤，類似雙眼。接著是一條小灰蛇似的東西，拐杖粗細，扭動著盤旋而起，朝我飄浮而來，一條接著一條。

我一陣戰慄。身後忽然傳來一個女人的尖叫聲。我半轉過身，眼睛還是盯著圓柱體。牠的觸鬚已經全部伸展開來。我開始往人群外擠，眾人臉上的驚訝變成了驚恐。四周響起語無倫次的呼喊。人群開始往後擁。那個店員依舊被困在坑的邊沿。我一個人杵在那兒，看坑對面的人落荒而逃，包括斯坦特。我把目光移向圓柱體，難以控制的恐懼蔓延全身。我怔怔地站著，呆望著。

一隻灰色的巨物，大小如熊，艱難、緩慢地想從圓柱體當中掙脫出來。當牠終於被光照到，那光澤彷彿是溼了的皮革。

牠有一雙碩大的深色眼睛，直勾勾地看著我。眼睛所在的部分是圓的，可能是牠的頭吧。牠算是長著臉，眼睛下面是嘴，沒有嘴唇的邊沿正一邊顫抖一邊大口喘氣，同時有唾液滴下。牠的全身都在用力往上挺，不停地抽搐。一根細長枯槁的觸鬚抵住圓柱體的口子，另一根則在空中搖擺。

除非見過火星生物，否則很難想像那恐怖的樣貌：奇怪的「V」字形嘴巴上沿突起，下沿楔形；本應是眉脊的地方往內塌，也沒有下巴；嘴巴不停地抖動，貪婪地呼吸著陌生的空氣，叢叢觸鬚如蛇髮女妖；身形碩大，因為地球上的重力更大而行動艱難；最可怕的，是閃著強光的如盤大眼。如此種種，組成了一隻孔武有力、形容可怖、步履蹣跚的怪獸。牠有油膩的褐色皮膚，細看彷彿長出了一朵朵蘑菇，更因身體笨拙、遲緩、令人厭惡的移動而顯出難以形容的骯髒之感。只看了一眼，我就反胃，就毛骨悚然。

忽然，這隻怪獸不見了。牠一個踉蹌，從圓柱體的邊沿摔進了沙坑，「轟隆」一聲，彷彿是一塊超大的皮革倒下。我聽見牠吼了一聲，聲音同樣奇怪。接著，另一隻怪物便從圓柱體的陰影裡慢慢出現了。

我轉過身，發瘋似的跑向離我最近的樹叢，大概跑了一百碼；我跑得跌跌撞撞，因為我一直扭過頭在看那些怪物。

跑到幾棵小松樹和幾叢荊豆花附近，我停下了，一邊喘氣，一邊想看看接下來會發生什麼。大家散布在沙坑周圍，跟我一樣站著，驚魂未定，盯著那些生物，或者更準確地說，盯著牠們倚靠著的沙坑邊沿的土堆。接著，又一陣恐懼湧上心頭，我看見沙坑邊沿有一個黑色的圓球正上下跳動——那是掉進沙坑的店員的頭。在火熱的餘暉中，頭顱成了一顆小小的黑點。過了一會兒，終於出現了他的肩膀、他的下身，但他似乎是往後摔倒了，視野裡又只剩下了頭。忽然，他整個人消失了，隱約傳來一聲微弱的尖叫。有那麼一瞬間我想要回去救他，然而恐懼淹沒了同情。

接下來發生的事便看不見了，藏在深深的沙坑裡，擋在圓柱體撞出來的沙土堆背後。若這時有人從喬巴姆或是沃金趕來，一定會驚訝於眼前的景象。沒有繼續逃跑的一百多人，圍成一個不規則的圓圈，在溝渠裡、在灌木後、在門後、在樹籬下，沒有人跟身旁的人說話，只有因受刺激而發出幾聲哭喊，目不轉睛地盯著那幾堆沙土。裝薑汁啤酒的手推車被扔下了，站姿古怪，鑲嵌在燃燒的落日裡。沙坑邊上還有一排馬車。有的馬吃著掛在脖子上袋子裡的飼料，有的在用蹄子扒拉地面。

第五章 火流

火星人搭乘著那個圓柱體從他們的星球來到地球。目睹他們從圓柱體裡爬出來的樣子之後，我整個人呆掉了，彷彿著了魔。我站在齊膝的石楠叢後面，盯著擋住了他們的土堆，恐懼與好奇在心中交織。

我沒有膽量回去沙坑那邊，但有強烈的渴望想一探究竟，於是挪動雙腳，開始按弧線走，想找個視野更好的地點，同時眼光絲毫不敢從擋住了外星來客的土堆那裡移開。我看見幾條細長的黑鞭在落日的餘暉中飛快地揚起，像是章魚的爪子，又猛地收了回去，接著一根細竿子一節節升起來，頂部帶著一個搖晃的圓盤。那裡究竟發生了什麼？

還在看的人差不多都走到了一起，變成了兩撥人。幾個在靠近沃金的地方，另一群在靠近喬巴姆那邊。看來他們也和我一樣矛盾。我身旁沒人。不遠處倒有一個男子，我靠近了才分辨清楚，是我的鄰居，但我不知道他的名字。我走上前跟他打招呼，然而這時候大家舌頭都打了結。

「醜陋又野蠻的東西！」他說：「老天！醜陋又野蠻！」他這樣一遍遍地重複著。

「你剛剛看見沙坑那邊有個人嗎？」我問道，但他沒有回答。我們都陷入了沉默，肩並肩地望了一會兒，從彼此的陪伴裡汲取了些許安慰，然後我就站到一個大約一碼高的小丘上。我再轉過頭看他，他已經朝沃金方向走去了。

落日褪成暮色。沒什麼新的情況。左邊遠處的那群人——靠近沃金的那些，似乎多了起來，我能聽到一點說話的聲音。喬巴姆方向的那撥人倒是散了。沙坑那邊幾乎沒有動靜。

正是沒看到什麼動靜，大家才壯了一點膽子。有人從沃金那邊趕來，也讓大家恢復了少許信心。暮色漸深，大家看圓柱體那邊的寧靜沒有被什麼東西打破，至少敢走走停停地向沙坑靠近了，三三兩兩、一前一後地前進，停下，觀望，繼續前進，互相之間離得很遠，以略似新月的形狀向沙坑包圍。我也是其中之一。

我看見幾個膽大的馬車夫走進了沙坑，然後聽見了馬蹄的踢踏聲和車輪的咿呀聲，還看見一個男孩推著裝著蘋果的手推車。接著，我注意到在離沙坑不到三十碼的地方，霍塞爾的方向，有一群黑色的人影往沙坑走去，領頭的人揮著一面白旗。

這是人類的代表團。經過倉促的討論，他們認為儘管火星生物外貌令人作嘔，但顯然是智慧生物，於是決定一邊靠近，一邊給出訊號，向火星生物展示我們也有智慧。白旗獵獵作響，左右飄動。我離得太遠，分辨不出他們是誰。後來我才知道奧格爾維、斯坦特和亨德森都在這個嘗試與火星生物溝通的小隊裡。其他人的包圍圈已接近圓形，這一小隊的移動使那圓圈凹了一點進去。還有幾個模糊的黑影跟在小隊後面，始終保持著一定的距離。

突然，沙坑裡冒出了亮光，耀眼的淡綠色煙霧噴了出來，「噗——噗——噗——」三下，徑直升到寂靜的半空中去。

那煙霧（**可能說「火焰」更為準確**）十分明亮，一騰空，頭頂深藍色的夜空、通往切特西的褐色公地，以及那些黧黑的松樹，立刻顯得更加暗沉了。直至煙霧消散，四周依舊沉浸在這深一度的黑暗裡，同時傳來細微的嘶嘶聲。

沙坑另一邊是舉著白旗的那一小群人。他們盯著煙霧，黑色的人影投在黑色的地面上，小小的一排。綠煙升空的剎那，他們慘綠的臉龐閃現，又隨著煙霧消失。嘶嘶聲逐漸成了嗡嗡聲，愈發連續響亮，彷彿蜂鳴。一個弓著背的影子從沙坑裡升起，發出一束鬼魅般的微光。

隨之而來的是真正的火焰。明亮的火光迅速從一個人躍向另一個人，在分散的小隊成員之間蔓延開來，好像一股看不見的氣流將他們輪流擊中，燃起白火。就在那麼一瞬間，每個人都燒了起來。

吞噬著每個人的火光映出他們踉蹌、倒地的身影，跟著他們的人拔腿就跑。

那時我站在遠處看，還沒有意識到在人群中穿梭的是死亡，只知道發生了很奇怪的事。每當幾乎沒有聲響而又刺眼的光芒一閃，就有一個人撲倒在地，再也不動彈。隱形的火流穿過松樹，樹木燃起烈火；每一叢豆荊都轟的一聲，成了一團火。臨近奈普山的遠處，一排排樹、樹籬和木屋都忽然著了起來。

這致命而耀眼的火流敏捷而平穩地掃蕩著四周，彷彿一柄看不見又無處躲的利劍。直到它點著了灌木，我才發現它正朝我這邊飛來，但我已經被嚇得挪不動腳。我聽見沙坑裡有劈里啪啦的火燒聲，馬發出一陣刺耳的嘶鳴，隨即沒了聲音。接著，好像一根看不見的炙熱的手指忽然收了回去，我和火星生物之間只剩下火流。沙坑那邊的黑色地面上，沿著一溜曲線，全在冒煙，劈啪作響。有東西砰的一聲落向左邊，也就是從沃金站來公地的馬路那邊。嘶嘶聲和嗡嗡聲隨後都停了，黑色的圓頂慢慢縮回沙坑裡去，消失不見。

這一切來得太突然，我呆站在那裡，一動也不動，還沒有從閃耀的光芒裡回過神來。致命的火流如果繞完一整個圈，我早在反應過來之前就喪命了。好在它沒有過來，饒了我一命。我的周圍重新遁入暗夜，甚至變得有些陌生。

夜雖然新鮮，起伏的公地幾乎一片昏暗，只有幾條路在深藍色天空下泛著灰白。就這麼片刻工夫，夜色裡沒了人的蹤跡。頭頂是彙聚的繁星，西邊的天空還剩下一點蒼白的光亮，但也近乎藍綠，那餘暉中格外清晰的黑色剪影是起伏的松樹林的樹梢和霍塞爾的屋頂。火星生物和他們的裝備都消失了，只有那根細長的桅杆還豎在那裡，頂上是那面不停搖晃的圓鏡。各處的灌木和稀疏的樹木還在冒煙，閃著火星。沃金站那邊有房子著火了，火苗竄入寂靜的夜空。

除了這些以及心中的震驚，這一晚似乎和往常沒什麼分別。那一隊舉白旗的人已被抹去，我所能見到的夜晚，又恢復了寧靜。

我意識到，這黑暗的公地上只剩我一個人了，沒有人可以幫助我，沒有東西可以保護我。我孤身一人。忽然，有一種東西將我包圍——恐懼。

我好不容易轉身，邁開了步子，跌跌撞撞地朝石楠叢的另一邊跑去。

我感到的恐懼不是正常的那種，而是一種巨大的恐慌。我不僅僅是怕火星人，更怕周圍的夜色和寂靜。這一切讓我失去了所有勇氣，讓我像小孩似的、不出聲地哭起來。我再也沒敢回頭看。

我記得，當時的我甚至已經相信，他們只不過是拿我取樂——只要我一接近安全地帶，那神祕的死亡之光就會從沙坑裡升起，追上我，將我擊倒。那種絕望，我至今都記得。

第六章
火流襲擊喬巴姆路

火星人這樣快而無聲的殺人方式，如今依舊是未解之謎。許多觀點認為，他們能透過某種方式，在不導熱的容器裡生成超高溫的熱量，再利用成分不明的光滑的拋物面反射鏡將平行的火流噴射到任意物體上，就像是燈塔用拋物面鏡反射光束。但沒有人能證明這一假說。不過，我們至少能肯定那是一股熱流，看不見的熱流，而非看得見的光。這火流能在接觸的瞬間將任何可燃物點燃，化鉛成水、化鐵成泥。玻璃會破碎、融化，水會變成一團爆炸的水汽。

那一晚，星空下的沙坑周圍，大約有四十人倒地，被燒得面目全非，不成人形，無法辨認。霍塞爾和梅布里之間的公地寸草不留，火光亮了一整晚。

喬巴姆、沃金和奧特肖大約是同時聽說了大屠殺的消息。悲劇發生時，沃金的店鋪都已打烊。許多人，包括店鋪員工等，都聞訊走去霍塞爾橋上，站在一直通往公地的樹籬邊。你可以想像，年輕男女結束了一天的工作，收拾整潔，將這新奇事與往常聽到的任何新奇事一樣，當作出門約會的藉口，享受互相的曖昧。你甚至能想像出黃昏時分路邊嘈雜的說話聲。

當時亨德森派人騎車去郵局，給一家晚報發了電報。除此之外，沃金沒有人知道圓柱體已經打開了。

當大家三三兩兩地走到外面，發現一些人正津津有味地聊天，還不時瞥一眼沙坑那邊豎起的桅杆和旋轉的鏡子時，他們很快就被這種興奮感染了。

到了八點半，那時白旗小隊已經喪命，在沃金聚集起來的人已不下三百，還不包括離開這條路走近現場的人。人群中有三個警察，其中一個騎馬，按照斯坦特的指示，盡力讓大家離現場遠些。有些人粗枝大葉，又喜歡湊熱鬧，覺得人多好玩，所以在對警察喝倒彩。

為了應付可能發生的衝突，斯坦特和奧格爾維在火星人出現後，便從霍塞爾給軍營發電報，請求士兵支援，來保護外星生物免遭人類暴力。發了電報後，他們便回去沙坑，安排了那次不幸的靠近。關於小隊喪命的經過，圍觀者的描述和我的記憶差不多一樣：

三團綠煙、低沉的轟鳴、閃耀的火光。

這群人的生還，比我還要險。一個長滿石楠的小丘擋住了低處的火流，救了他們。如果拋物面鏡再高個幾碼，就沒有人能活著來講述發生的事了。他們看見了火光、看見了倒地的人，看見了無形的手將灌木叢點燃，穿過餘暉朝他們飛來。接著，低鳴的沙坑上響起一聲哨音，火流越過他們頭頂，點燃了路邊一排桃樹的樹頂，衝向街角那座房子，擊碎磚石和窗玻璃，燒起了窗框，山牆開始崩塌。

突如其來的撞擊聲、火燒聲，以及起火的樹木，讓嚇呆的人群一陣騷動。火星從高處落下來，地上還有燒著的細枝和彷彿小火團的樹葉。有的人帽子著了，有的人裙子著了。然後公地那邊傳來一聲大叫。大家開始尖叫。警察騎馬飛奔過人群，大家雙手攥緊，抱頭尖叫。

「他們來了！」一個女人叫道，接著所有人都本能地轉過身，推開站在自己後面的人，想要逃回沃金去，就像是一群受驚嚇的羊，四處逃竄。草埂之間的路有些窄，四周昏暗，他們慌亂地擠在一起，掙扎著往前。並非所有人都活了下來，至少有三個人喪命——兩個女人和一個男孩。他們被撞倒在地，遭受踩踏，在恐懼與黑暗中死去了。

第七章 我是怎麼到家的？

至於我自己，我只記得自己不停地撞到樹幹，在石楠叢中跌跌撞撞，絲毫不敢停下。我的心裡只剩下對火星人的恐懼。那殘忍的火劍定在空中盤旋，隨時會飛過我的頭頂，俯衝下來，將我一擊斃命。我跑進連著十字路口與霍塞爾的小路，沿著小路向十字路口跑去。

我終於跑不動了，恐懼和奔跑將我的力氣消磨耗盡。我一個踉蹌，倒在了路邊。那附近有一座橋，橫跨在煤氣廠旁邊的運河上。我躺倒在地上，一動不動。

想必我躺了有一陣子。

然後我坐起身，腦子裡一團亂，一下子沒想起來自己是怎麼到這裡的。我卸下恐懼，彷彿脫下一件衣服。我的帽子不見了，領子也從領扣中迸了出來。幾分鐘前，我的世界裡只有三種東西：無盡的夜、夜空和荒野，我的虛弱和痛苦，近在身邊的死神。此刻，似乎一切都變了，視野也迥然不同。這心境的轉變毫無理性可言。平日裡的我——那個正常的普通人，倏忽間又回來了。寂靜的公地、逃跑時的緊張、流竄的火焰，彷彿只是一場夢。我問自己，這些事真的發生了嗎？我無從置信。

我站起來，踉蹌著走上橋的陡坡，腦子裡除了驚奇就只剩一片空白，肌肉和神經也已疲倦。我搖搖晃晃的樣子好像喝醉了酒。橋的另一邊出現了一張臉。一個工人提著桶子走過來，身邊有一個小男孩。他從我身旁走過，與我道晚安。我想回答他，但沒有說話。我只咕噥了幾聲回應問候，就繼續朝橋的那一邊走去。

從靠近梅布里的橋洞看過去，有一列火車——一陣翻湧的白煙和一排明亮的車窗——朝南邊駛去，轟隆，轟隆，最後消失不見。幾個模糊的人影在一排小山牆內的院門裡交談，那一片排屋叫作「東方小苑」。這一切既真實又熟悉。然而身後那一切呢，卻是瘋狂怪異，難以置信！現在看見的這些，總不是做夢吧，我告訴自己。

或許我的情緒本就異於常人，不知道是否有人也和我一樣。有時我會有一種奇怪的疏離感，覺得周圍的世界很陌生，自己就好像一個只是在觀察的局外人，在不可思議的遠處，沒有時間、沒有空間、沒有壓力、沒有悲傷。這種疏離感在當晚非常深切。眼前只不過是又一個夢境。

但問題是，此處的寧靜和不到兩英里外的脆弱、死亡實在是兩個世界。煤氣廠正在工作，電燈也都亮著。我走到有人交談的那裡，停下了。

「公地那邊有消息嗎？」我問。

院門邊是兩個男人、一個女人。

「哎？」一個男人轉過頭應了一句。

「公地那邊有消息嗎？」我問。

「你不是從那邊來的嗎？」男人反問。

「大家好像都傻了一樣，在說公地的事。」站在門裡的女人說：「到底是什麼事？」

「你沒聽說火星人嗎？」我說：「火星來的生物？」

「聽夠了，」女人說：「真是謝了。」然後三個人都哈哈大笑起來。

我好像是個傻子，但又十分生氣。我試著把方才的經歷說給他們聽，然而怎麼也說不清。他們聽著我胡言亂語，又笑了。

「你總會知道的。」我說，繼續朝家裡走去。

走到家門口時，我憔悴的模樣嚇了妻子一跳。我來到飯廳，坐下來，喝了一點酒，稍稍恢復了一點，便把目睹的一切都告訴了她。晚飯冷了。我說著話，一口也吃不下。

「不過，」我補充道，想要減輕一些妻子的恐懼，「他們是我見過爬得最慢的東西。可能他們就只會待在坑裡，只會幹掉那些靠近的人，但不會出來……實在太嚇人了！」

「別說了，親愛的！」妻子眉頭緊鎖地說，並握住我的手。

「可憐的奧格爾維！」我說：「一想到他的屍體還躺在那裡！」

至少我的妻子相信了我。看到她臉色煞白，我急忙閉上了嘴。

「他們可能會來的。」她一遍又一遍地重複著。

我叫她喝點酒，想讓她好過些。

「他們爬不動的。」我說。

我安慰她，也安慰自己，不斷地說奧格爾維說過，火星人無法在地球上生存很久。尤其是因為地球的重力，我強調說。地球表面的重力是火星的三倍。火星人在地球上的體重是在火星上的三倍，可是力量並沒有增加。僅是他的身體，就會讓他覺得像穿了一件鉛做的大衣。這其實是主流的觀點。第二天一早的《泰晤士報》和《每日電訊報》也這樣說。但他們和我一樣，忽視了另外兩個因素。

首先，地球大氣的含氧量比火星高得多，或者說含氬量比火星低得多。如此高的含氧量能使火星人精神煥發，抵消了很大一部分體重帶來的不適。其次，我們都忽視了這一事實：火星人擁有的機械技術實在高超，必要時無須借助體力也可以輕而易舉地使用。

但當晚，我沒有考慮到這些，我斷定那些地球的侵略者不會有半分勝算。酒、晚餐和自家的桌子都給了我安慰，加上需要安撫妻子，我的勇氣和安全感恢復到了不理智的程度。

「他們幹了蠢事。」我一邊說，一邊撥弄著酒杯，「他們危險、發狂是因為害怕了。或許他們根本沒想過地球上會有生命，更不會有智慧生命。」

「只要朝坑裡發射炮彈，」我說：「假如真的到了那一步的話，就能把他們全做掉了。」

興奮使我變得敏感，那一頓晚餐至今歷歷在目。親愛的妻子甜美又擔憂的笑容、檯燈粉色的光影下她注視著我的眼神、桌上白布罩著的銀器和玻璃擺件（那時候一個哲學作家也有不少精緻的好東西）、杯裡紫紅的酒，都跟拍照似的印在我的腦海裡。晚餐快結束時，我坐在那裡，一邊佐著堅果抽菸，一邊惋惜奧格爾維的輕率，斥罵火星人的短視與懦弱。

我想，模里西斯的渡渡鳥當時也一定雄踞自己的窩，大談那一船來搜尋野味的水手。「親愛的，我們明天就啄死他們。」

我怎麼也沒想到，離奇而可怕的時日即將來臨，下次再這樣好好地吃晚餐，將是很久以後了。

第八章 週五晚

在我看來，那個週五發生的種種奇事之中，最令人驚奇的，是日常的社會秩序和顛覆日常的一連串事件，居然共存著。那天晚上，如果你拿出圓規，以沃金的沙坑為中心，畫一個半徑五英里的圓，我敢說，圓圈外絕沒有人的情緒或習慣因為天外來客而受到干擾。除非與斯坦特，或與那三四個騎車的人，或與死在公地上的倫敦人沾親帶故（不用說，被天外來客影響的人裡肯定包括了他們），不少人雖然聽說了圓柱體，也在茶餘飯後談論過，但在他們看來，這消息不是給德國下最後通牒那樣的大事件。

亨德森發往倫敦的電報描述了飛行器緩緩打開的過程，但電報被認定為造謠。接到消息的晚報聯繫亨德森求證新聞，卻無人應答——那時候亨德森已經死了——只能取消特別報導。

這個半徑五英里的圓圈內，大家也大多無動於衷，包括前文說過的兩男一女。家家戶戶享用著晚餐，下班的工人在園子裡澆花修草，孩子正被哄上床睡覺，年輕人在談戀愛，學生在溫習功課。

可能鄉間的路上有人竊竊私語，酒館裡有人拿這個當新奇的談資，報信的人或是目擊了後續事態的人，引起了幾陣騷動，有人驚呼，有人坐立難安。但大多數人的日常生活毫無波瀾，該工作的工作，該吃的吃，該喝的喝，該睡的睡，就像過去的無數個日子一樣，就好像天上沒有火星這回事。即使是在沃金站、霍塞爾和喬巴姆，也不例外。

那晚的沃金站裡，火車進站、出發或調軌，乘客上車下車，一切有條不紊地進行著，稀鬆平常。一個鎮上來的男孩在賣刊登了午後新聞的報紙；這一帶賣報的，本是史密斯一家獨大。卡車的嗚嗚聲、火車尖銳的汽笛聲，伴隨著兩個報童的叫賣：「火星人來啦！」大約九點，有人來這裡宣告了大新聞，引起的注意卻還不如幾個酒鬼。正發車前往倫敦的火車上，乘客朝車窗外看，看到了霍塞爾那邊亮起一星古怪的火花，不過轉眼即逝，然後一道紅光在朦朧的煙霧裡閃過星空。他們都以為那不過是哪裡的石楠著了火。只有走到公地旁邊，才能看清楚發生了什麼。沃金的邊緣有六、七幢房子起火。三個村莊正對著公地的房子都亮著燈，居民徹夜未眠。

喬巴姆和霍塞爾的橋上，看熱鬧的人來來去去，但始終沒散去。後來才發現，有一兩個富有冒險精神的人走入了黑暗，匍匐前進，來到了離火星人很近的地方，便再也沒能回來——他們過去以後，有光束掃過公地，好像戰艦上的探照燈發出的光，接著就是火流。除了這些人，那一大片公地依舊僻靜。燒焦的屍體在星空下躺了一夜一天。許多人聽見沙坑裡傳來敲打的聲音。

這是週五晚的事，你已瞭解了大概。圓圈的中心，是像沾了毒液的飛鏢一般刺入地球肌膚的圓柱體。毒效還未發作。它的四周是寂靜的公地，地皮焦了幾處，還有一些漆黑看不清的東西，扭曲地躺在各處。著火的灌木和樹隨處可見。再往外，就是興奮的眾人，是火還沒燒到的地方。在世界的其他地方，已經流淌了千百年的生活之河繼續向前奔流。而那阻塞血脈、麻痺神經和摧殘大腦的戰爭，是一場還沒有爆發的熱病。

火星人乒乒乓乓吵了一整晚，沒有休息的意思，不知疲倦地準備著他們的裝備，不止一團近乎慘白的綠煙飛旋至星空。

十一點光景，一連士兵來到霍塞爾，在村莊與公地之間布哨，拉出一條警戒線。接著來了第二連士兵，穿過喬巴姆，在公地北邊站崗。幾名從因克爾曼軍營來的軍官在白天去過公地，其中的伊登少校失蹤。半夜的時候，軍團的上校來到喬巴姆橋上，忙著向民眾問話。可見軍隊的確意識到了事態的嚴重。截至十一點，明早的報紙就可以確定地說，卡迪根軍團的一支騎兵中隊，帶著兩挺馬克沁式機槍和四百多名士兵從奧爾德肖特出發了。

　　十二點剛過，沃金和切特西路上的人都看見一顆流星劃過天空，落向了西北邊的松樹林。流星閃著綠光，沒有聲音，明亮如夏夜的閃電。那便是第二具圓柱體飛行器。

第九章 戰爭打響

在我的記憶裡，週六是提心吊膽的一天，也是令人疲乏的一天——又悶又熱，據說氣壓起伏得厲害。妻子倒是睡得很熟，我沒怎麼闔眼，一早就起來了。早餐前我走進院子，站在那裡仔細聽，然而公地那邊除了一隻百靈鳥在叫，沒什麼動靜。

送奶工準時上門。我聽到他的雙輪馬車咿咿呀呀，便走去邊門問他有什麼新消息。他說昨夜軍隊已經包圍了火星人，可能會開火。接著我聽到火車朝沃金開去，這熟悉的聲音倒是給了我一些安慰。

「沒說一定要打死他們，」送奶工說：「如果不到萬不得已的地步。」

我看見鄰居在院子裡做事，和他聊了一會兒，然後回屋子吃早餐，一切如常。我的鄰居認為，不用等到晚上，軍隊就能活捉火星人或是消滅火星人。

「他們這樣戒備著我們，太可惜了，」他說：「如果能瞭解一下他們在另一個星球上是怎麼生活的，該是多特別的事啊。搞不好我們還能學到一些東西。」

他走到樹籬邊來，遞給我滿滿一把草莓。他的收成配得上他對農事傾注的熱心。給我草莓的時候，他跟我說拜弗利特高爾夫球場的松樹林也起火了。

「聽說，」他說：「那裡也落下了那麼個該死的東西。第二個。一個就夠他們受的了。保險公司得賠死。」他一邊笑，一邊用極幽默的口氣說。他說林子還在燒，指了指遠處隱約可見的煙霧。「林子的地得燙個好幾天，畢竟地上有那麼厚的松針和草。」後來，我們說到可憐的奧格爾維，他的語氣才沒了調侃。

吃完早餐，我把工作丟在一邊，往公地那邊走去。在鐵路橋下，我看見幾個士兵。他們應該是工兵，戴著小圓帽，髒了的紅色夾克敞開著，露出藍色的襯衫，深色褲子，筒靴到小腿肚。他們跟我說，運河對岸已經禁止過去了。沿著路往橋那邊望，我看見一個卡迪根軍團的士兵在站崗。我和這幾個工兵聊了一會兒，跟他們說了昨晚見到的火星人。但他們都沒見過，只知道有這麼個東西，於是問題一個接著一個。他們說不知道軍隊是誰下令派來的，還以為只是騎兵衛隊出了亂子。工兵比一般兵訓練有素得多，很有見地地討論著如果真的要打仗那怎麼打。我說起火流，他們便爭論起來。

「在掩護下慢慢接近，然後速戰速決。」其中一個說。

「得了吧！」另一個說：「這種高溫怎麼掩護？那不得跟貼著爐子似的！要貼著地過去，挖條戰壕出來。」

「戰壕有個屁用！你就知道挖戰壕，你生下來的時候是隻兔子吧。」

「有脖子嗎，火星人？」第三個人忽然問道，他小個子，黑皮膚，叼著菸斗，思考著什麼。

我又將火星人形容了一遍。

「章魚，」他說：「對，我覺得就是章魚。《聖經》裡有『捕人的漁夫』[1]，結果這次來了『殺人的魚』！」

「幹掉這樣的怪獸可不算是殺生。」第一個人說。

「為什麼不朝這些該死的東西開炮，直接解決了？」小個子說道：「你可猜不到他們會幹出什麼事來。」

「炮彈呢？」第一個人又說：「哪有時間？我還是覺得要快攻，一波就幹掉。」

他們就這樣討論了一番。我走到火車站，收集各家晨報。

整個上午很漫長，下午更漫長，我就不跟各位細說了。連霍塞爾和喬巴姆的教堂塔樓都已被軍隊管制，我沒能看到公地的情形。士兵全都一問三不知，軍官則都諱莫如深，忙得不可開交。軍隊一來，鎮上的人放了不少心。我聽菸草商人馬歇爾說，昨晚死在公地上的人裡，有他的兒子。霍塞爾靠近公地的地方，村民都在士兵的要求下暫時離家，每戶人家都上了鎖。

大約下午兩點，我回家吃午飯。天氣出奇的熱，又打聽不到什麼消息，我倦得不行，於是吃完飯洗了個冷水澡，提提精神。四點半左右，我走去車站買晚報。關於斯坦特、亨德森、奧格爾維等人的犧牲，早報說得不清不楚。不過，事情差不多就是我知道的那樣了。那天，火星人沒有出現，好像在沙坑裡忙著什麼。敲打聲還在繼續，不斷有煙冒出來。顯然，他們是在為一場惡戰做準備。報紙的說辭幾乎都是「我們嘗試發出信號，

1 出自《聖經．馬太福音》第四章第十九節。耶穌在加利利海邊遇見打魚的兩兄弟，當時叫彼得的西門和弟弟安德烈（後位列耶穌的十二使徒），對他們說：「跟從我，你們便是捕人的漁夫。」「捕人」為直譯，指將人從海裡撈出來，即將人從苦難的世界裡拯救出來。典故的引文為譯者自譯，僅供參考，下同。

但溝通無果」。工兵跟我說，發信號指的是有人在溝渠裡豎起了一杆很高的旗。火星人注意到這種信號，無異於人類注意到牛的一聲叫喚。

老實說，看見周圍的備戰狀態，我當時很興奮。我的想像火力全開，早已變著法完勝了侵略者十幾次。孩童時期對戰爭和英雄的幻想，在此刻復甦了。那時的我甚至覺得，人類打這場仗，甚至是勝之不武。火星人只能窩在那麼一個沙坑裡，怪可憐的。

三點光景，切特西和阿德爾斯通那個方向響起了「砰砰」的槍聲，很有規律。原來是大家朝起火的松樹林裡的第二具飛行器開火了，想要在它打開前就摧毀它。而喬巴姆這邊，一直到下午五點，才來了一門野戰炮，對付第一批火星人。

六點，我正和妻子在乘涼的屋子裡喝茶，津津有味地聊著逐漸逼近的戰事，忽然聽見公地那邊傳來一聲沉悶的巨響，緊接著是一陣槍火聲，槍聲未落，近處又響起叮鈴哐啷的轟鳴，震得地都晃了。從草地看出去，東方學院的樹尖燃起了熊熊烈火，直冒煙，旁邊小教堂的塔樓坍塌殆盡。清真寺的尖塔整個不見了，學院的屋頂彷彿有百噸級的大炮在上面開了火。我們家的煙囪裂了，好像中了一炮似的，飛出來的碎片從屋頂上滾落，在書房窗前的花壇裡堆起了紅色的碎石堆。

我和妻子站著，看呆了。然後我意識到，沒了學院的掩護，梅布里山的高處已經進入了火星人火流的攻擊範圍。

我一把抓住妻子的手臂，二話不說帶著她跑到了馬路上。然後我回屋把傭人也叫出來，跟她說她吵著要的那個盒子，我會上樓去幫她取。

「我們不能待在這裡了。」我話沒說完，公地那邊又響起了炮火聲。

「可是我們能去哪？」妻子驚恐地問。

我腦子很亂，但不得不努力思考。我想起有親戚在萊瑟黑德。

「萊瑟黑德！」我大聲地說，想蓋過突如其來的炮火聲。

她朝山下看去，大家都嚇得跑出了家門。

「要怎麼去萊瑟黑德？」她說。

我看見山腳下，有一群驃騎兵穿過鐵路橋下。其中三個進了東方學院敞開的大門，另外有兩個下了馬，挨家挨戶地跑。太陽是血紅的，發出的光穿過從樹梢升起的煙霧，給一切鍍上一種從未見過而令人毛骨悚然的光澤。

「就待在這裡吧，」我說：「這裡安全。」然後我趕緊出發去找「斑點狗」酒館的老闆。他有一匹馬和一架雙輪小馬車。我全力奔跑，因為我能感覺到，再過片刻，山這邊的所有人都會開始逃竄。老闆在自己的酒館裡，對屋子後面發生的事情一無所知。有一個背對著我的人在和他交談。

「我要收一英鎊，」老闆說：「而且你得自己找馬夫。」

「我給你兩英鎊。」我跟他說。陌生人依舊背對著我。

「出什麼事了？」

「我半夜前就還回來。」我說。

「老天！」老闆說：「什麼事這麼著急？我這也不是什麼好車。兩英鎊，還自己還回來？什麼情況？」

我匆忙解釋，說要出門一趟，這才終於租到了馬車。當時我並不覺得事態嚴重到老闆也需要撤離。我提了馬車，駕車回家，交給了妻子和傭人，衝進屋子打包了幾樣餐盤之類的貴重物品。收拾東西的時候，我看見房子腳下的山毛櫸在燃燒，路邊的鐵樹籬映著紅光。我正手忙腳亂，其中一個之前在山腳下了馬的驃騎兵跑到這邊來了。他挨家挨戶地警告大家趕緊撤離。我走出大門，提著用桌布包起來的貴重物品，朝著正通知各家的驃騎兵大喊：

「有什麼新狀況嗎？」

他轉過頭，對著我大聲說什麼「從鍋蓋形狀的東西裡爬出來了」，我沒有聽清楚，然後他便跑去了山頂那戶人家。忽然一陣黑煙盤旋而起，在路上瀰漫開來，將他的身影藏了起來。我跑到隔壁敲門。我知道鄰居帶著妻子去了倫敦，家門肯定鎖上了，只是想確認一下，以防萬一。然後我又跑回自己的家裡，我答應過傭人要取出她的盒子。我抓上盒子就往外跑，把盒子塞到馬車後座裡的她身邊。我握住韁繩，跳上車夫的座位，旁邊坐著我妻子。片刻之後，我們便逃離了煙霧和嘈雜，策馬跑下梅布里山的另一側，往老沃金奔去。

前方是一派陽光燦爛的安寧景象。麥田在路的兩側綿延，梅布里旅館的招牌輕輕搖晃，跑在我們前面的是醫生的馬車。到了山腳的時候，我轉過頭往山坡上望。黑色的濃煙滾滾，交織著火苗，竄上半空，給東邊的林子蒙上一層陰影。黑煙迅速蔓延，東邊朝著拜弗利特的松樹林，西邊朝著沃金。路上不斷有迎面跑來的人群。悶熱、凝固的空氣裡，傳來幾陣微弱卻清晰的機槍聲，以及斷斷續續的步槍聲。不用說，火星人使用火流，開始對攻擊範圍內的一切東西開火。

我的馬車技術並不熟練，於是趕緊看了看馬。等到我再次回頭，視野已被第二座小山坡擋住，黑煙看不見了。我用鞭子抽打馬匹，放鬆韁繩任由牠跑，直到穿過了沃金和森德，遠離了那天搖地動的喧鬧。在沃金和森德之間，我超過了醫生。

第十章 雷暴

萊瑟黑德和梅布里之間大約有十二英里。空氣中彌漫著乾草的氣味，飄向皮爾福德那邊茂盛的草地。路兩邊是可愛的樹籬，以及大片鮮豔的野薔薇。我們下山時爆發的激烈戰火聲戛然而止，跟開火一樣突然，使得夜晚變得格外平和、寧靜。我們在大約九點順利抵達萊瑟黑德。馬休息了一個鐘頭，我們在親戚家吃了晚飯，我拜託他們照顧好我妻子。

一路過來，妻子沒怎麼說話，很奇怪，似乎是因為惡魔的降臨而心事重重。我安慰她說，火星人因為重力太大被困在坑裡了，頂多只能掙扎著探出一點身子來。但她只是「嗯嗯」應了兩句。假如我沒有答應老闆會歸還馬車，她一定會勸我留在萊瑟黑德。要不是得還車子，我一定會留下來。記得我們道別時，她的臉煞白。

至於我自己，整天都有些興奮。我的血液裡似乎泛起了文明社會偶爾會有的對戰爭的狂熱。對於趕回梅布里這件事，我的心底裡其實並不抗拒。我甚至有些害怕，聽到的那一連串炮火已將來自火星的侵略者消滅。準確地說，我希望他們被消滅的時候，自己能在現場。

臨近十一點，我出發回去。從燈火明亮的門廊裡走出來，外面一片漆黑，和白天一樣悶熱。頭頂上的白雲飛快地移動，卻沒有一絲風吹動四周的灌木。所幸表姨丈把兩盞路燈都點亮了，路照得很清楚。妻子站在門廊的燈光下看著我。我一跳上馬車，她便轉過身，走進屋子裡去。只有表兄妹並排站著，祝我好運。

看見妻子這麼害怕，我有些難過。但很快，我的思緒又飛向了火星人。當時，我對那晚發生的戰事一無所知，甚至不知道是什麼引發了交戰。經過奧卡姆的時候（回程我換了一條路，沒有經過森德和老沃金），西方天際泛著血紅的光。我靠近時，那紅光向更高的天空中蔓延。彙聚的雷雨雲和大片黑色的、紅色的煙雲交織在一起。

里普利大街空蕩蕩的，除了一扇窗戶還亮著燈，人影全無。不過，正當我在一個路口拐彎，準備去皮爾福德時，倒是差點撞上了一群背對著我的人。我經過他們，他們沒有跟我說話。我不知道他們是否清楚山那邊發生了什麼，也不知道大街兩側的屋子，是居民已熄燈安睡、是人去樓空，還是都戰戰兢兢地望著夜空，滿心擔憂。

從里普利出來，要經過韋伊河谷才能到皮爾福德。谷地裡看不見紅光。當我越過皮爾福德的教堂，跑下小山坡時，紅光又出現在了視野裡。周圍的樹在顫抖，我感受到了風暴的氣息。接著，身後傳來教堂的午夜鐘聲，迎面是梅布里山的剪影，樹梢和屋頂在紅色的背景中勾勒出黢黑而清晰的線條。

正當我望著天際，前後的路忽然被綠光照亮，亮得能看見遠處阿德爾斯通的樹林。我能從轡繩上感到馬驚了一下。似乎有一股綠火刺穿了烏雲，頃刻將混沌劈開，落在了我左側的田野裡。是第三顆流星！

沒等火影褪去，彙聚的風暴中劃出了第一道閃電，閃著刺眼的紫色；雷聲轟鳴，彷彿是火箭在頭頂炸裂。馬咬著嚼子，自己奔跑起來。

通向梅布里山腳的下坡還算和緩，我們在坡上飛馳。天上是接連不斷的閃電。我第一次見到如此密集的電光。響雷也接踵而至，毫無停歇，而且伴隨著一種奇特的爆裂聲，比起爆炸的迴響，更像是巨型的電器在運作。亮光閃爍刺目，令人辨不清方向。我正下坡，幾顆小冰雹重重地打在我的臉上。

起初我全神貫注地看路，直到對面梅布里山坡上一個飛快移動的物體忽然引起了我的注意。我以為那是一塊溼了的屋頂，但幾道閃電之後，我看見那物體在迅速移動。視野迷離不定，黑暗中實在難以看清。接著一道亮如白晝的閃電劃過，我看見了山頂上孤兒院的幾座紅房子，看見了松樹林的綠色樹梢；那個不知為何物的物體，也清楚、明亮地展現在我的視野中。

那東西，我該怎麼形容呢？它有三隻腳，巨如怪獸，高過房屋，正大步穿過松林，踏平了所有擋路的樹木；它閃著金屬的亮光，好像行走的發動機一般越過石楠叢，分節的繩索從軀幹垂下；它移動時發出「卡嗒、卡嗒」的響聲，和滾滾雷聲混雜在一起。前一道閃電裡，它清楚地躍入眼簾，一邊在空中揮舞著兩隻腳，一邊朝著一個方向前行，忽然消失，一瞬間又忽然顯現；下一道閃電出現，它已經跑近了一百碼。你能想像出擠奶凳在地上滾嗎？我在閃電中看見的，就是類似的情形。只不過那擠奶凳，是一個巨型的三腳機械裝置。

突然，前方的松樹林往兩邊倒去，猶如人粗暴地踏過蘆葦叢。松樹不是攔腰折斷，就是連根拔起。接著，第二隻三腳巨獸出現了，好像是朝我衝來，而我正迎頭奔去！看

見第二隻的剎那，我終於回過神來，沒敢定睛再看，便猛地將韁繩連帶馬向右側用力一扭。下一秒，馬車往前飛起，撞倒了馬，車轅哐啷一聲，摔在地上。我從旁邊被甩了出去，重重地跌進一窪淺水塘裡。

我幾乎是立刻爬了出來，蹲在荊豆叢後面，腳還在水裡。馬躺在地上，一動不動（可憐的傢伙脖子斷了）。藉著閃電，我看見一團黑漆漆的東西。那是輪子朝天的馬車。我能看見兩隻輪子的形狀，在慢慢打轉。沒過一會兒，那機械巨獸便從我身邊大步走過，爬上山坡，朝皮爾福德奔去。

近距離看，那怪物真的十分怪異。它不過是機器，毫無感情，卻能一邊帶著金屬聲自行往前，一邊在奇特的軀幹周圍擺動著長而靈活、閃著亮光的觸鬚（其中一根還抓著一棵小松樹）。它會選擇方向，銅製的頂蓋前後移動，像極了左顧右盼的頭顱。軀幹後是一大塊白色金屬，像巨型的魚簍。經過我時，肢體的關節處噴出陣陣綠煙。然後轉眼間，它就往遠處去了。

當時電光閃爍，四周不是刺眼的亮光，就是漆黑的暗影，我只能模模糊糊地看見這麼多。

另外，它一邊移動，還一邊發出震耳欲聾的激昂嚎叫，甚至蓋過了雷聲：「啊嗚！啊嗚！」過了一分鐘，它與半英里外的同伴會合，趴在田野裡。我如今可以確信，這怪物就是火星人朝地球發射的十個飛行器裡的第三個。

我在雨滴和黑暗裡躺了幾分鐘，藉著閃電的光，看著遠處的怪物越過山坡。一場小冰雹落了又停，它們的身影也隨著冰雹的來去忽而模糊，忽而清晰閃亮。閃電之間漸漸有了間隙，最終被夜完全吞噬。

我的上半身因為融化的冰雹溼透了，腳踩在水裡。過了一會兒，我才從震驚中緩過神來，掙扎著爬上岸，來到稍微乾燥一些的地方，想著方才擦肩而過的危險。

離我不遠的地方，有一間木頭棚屋，外面有一小塊菜地，種著馬鈴薯。我挪動雙腳，蜷著身子，利用一切可作掩護的東西，朝小屋跑去。我用力捶門，但沒有人應（**如果裡面有人的話**）。敲了一會兒，我放棄了，轉而爬進一條溝。多虧了這條溝，我在裡面匍匐前行，才沒有被怪物發現。順著水溝，我逃進了通往梅布里的松樹林。

就這樣，我在掩護下艱難往前，朝著家的方向逃去，身上溼漉漉的，禁不住打戰。我在樹林中走，努力想找到路。林子裡很黑，偶爾才有閃電，冰雹傾盆落下，穿過繁密枝葉的縫隙，直直地打下來。

假如我能明白所見的一切意味著什麼，我理應調轉方向，繞道拜弗利特和科伯姆大街，去萊瑟黑德找我的妻子。但那晚，周圍的一切都太神奇，我的身體又太難受，使我無法回頭。我傷痕累累，筋疲力盡，渾身溼透，因為電閃雷鳴而耳聾眼花。

我只有一個模糊的念頭——回家。那是我全部的動力。我在林中蹣跚，跌進了水溝，又被木板磕破膝蓋，終於把自己「甩」在了通往阿姆斯學院的小路上。之所以說「甩」，是因為風暴帶來的冰雹融化後裹挾沙土衝下山坡，我從泥水裡爬到了路上。黑暗中，我撞上了一個人，往後摔了一跤。

他驚恐地喊了一聲，蹦到一邊，沒等我反應過來和他說話，他便繼續往前跑去。此處的風暴實在猛烈，使得上山舉步維艱。我緊緊貼著路左邊的樹籬，順著樹籬摸索前行。

快到坡頂時，我被一個軟軟的東西絆了一腳。在閃電之中，我看見腳邊有一團黑布、一雙靴子。我還沒看清這人是怎麼躺著的，電光便消失了。我站在他身邊，等著下一道閃電。在第二道亮光裡，我看見他很結實，衣服樸素卻不破舊，頭折到身子下，整個蜷縮在樹籬邊，好像被摔在了樹籬上。

我從沒碰過死人，只能抑制住本能的反胃，彎下腰將他翻過來，試試他還有沒有心跳。確實是死了。脖子折了。第三道閃電劃過，我看見他的頭靠在我的腳上。我立馬站了起來。地上的人正是「斑點狗」酒館的老闆，借我馬車的人。

我小心翼翼地跨過他，繼續艱難地上山。我經過警察局和阿姆斯學院，朝家的方向走去。山這邊沒有火，不過公地那邊依舊有紅光，滾滾紅煙往天上竄，天上的冰雹往地下倒。閃電裡我依稀看到，周圍的房子大多完好。在阿姆斯學院旁，一團黑東西堆在路上。

通往梅布里橋的路上有人的說話聲和腳步聲，但我沒有勇氣喊叫，或是過去跟他們說話。我用鑰匙打開家門，關上門，鎖緊，插上門閂，踉踉蹌蹌地走到樓梯腳，坐了下來，滿腦子是那些大步流星來回移動的金屬怪物，和被摔在樹籬上的屍體。

我蜷縮在樓梯腳，背靠牆壁，止不住地顫抖。

第十一章 窗邊

我的情緒來得快，去得也乾淨。片刻之後，我發覺自己又溼又冷，周圍的地毯上積了小小的幾攤水。我麻木地起身，去飯廳喝了點威士忌，然後拖著疲憊的身體去換衣服。

換了衣服後，我上樓去書房。至於為什麼去，我也不知道。書房的窗戶能望見霍塞爾公地那邊的樹林和鐵路。白天走得太匆忙，窗沒來得及關上。走廊伸手不見五指。和窗戶裡的景象一比，書房靠近門的這頭更是漆黑一片。我在門口停下了腳步。

雷暴過去了。東方學院的塔樓和周圍的松樹已被夷平。更遠處，一閃一閃的紅光照亮了沙坑周圍的公地。光裡隱約有巨大的黑影，形狀詭異，不停地走來走去。

那邊似乎整個村莊都起火了。整片山坡都是小小的火舌，藉著風暴的餘威，在狂風中扭動，將疾行過夜空的雲朵映成紅色。不時有煙霧從近處的火堆飄來，經過窗口，擋

住火星人的身影。我看不見他們在幹什麼，看不清他們的身形，以及他們忙前忙後的黑色物體。屋子外面的火我也看不見，只有火光在書房的牆上、天花板上躍動。空氣中彌漫著刺鼻的樹脂燃燒的氣味。

我小心翼翼地掩上門，輕手輕腳地來到窗邊，視野一下子開闊了不少。一邊能望見沃金站那邊的屋子，另一邊能望見拜弗利特燒得焦黑的松樹林。山腳下有一點亮光，就在鐵路上、橋洞邊。車站附近梅布里的幾條路閃著火光，已成廢墟。一開始我看不出鐵路上的亮光是什麼，只看見黑色的一團和跳動的光，以及右邊一連串黃色的長方形。後來我才分辨清楚，那是一列火車的殘骸。車的前半部分摔爛起火，後半列車廂還在鐵軌上。

房屋、火車和喬巴姆的村莊，這三個光源之間，不規則地散布著村落，一片昏暗，只有零星的幾處冒著微弱的火光或煙霧。綿延的黑暗與散落的光點，那景象實在奇異，讓我想起夜裡的陶器小鎮斯托克。起初我仔細尋找，但還是看不見一個人，後來才看見沃金站那邊的光亮裡，有許多人影，一個接一個，匆忙地越過鐵路。

這小小的世界、這烈火中一片混亂的世界，竟然是我安居了這麼久的地方！過去的七個小時，到底發生了什麼，我依然說不上來。我也只能憑空猜測，這些機械巨獸和飛行器裡爬出來的、行動遲緩的大塊頭，到底有什麼關係。帶著一種奇怪的冷靜與好奇，我把椅子搬到窗邊，坐下來，凝視著一片昏暗的山村，尤其是那三個在沙坑周圍的火光中來回走動的巨大身影。

它們一刻也沒有閒下來過。我開始問自己，它們是什麼呢？是有智慧的機器嗎？但這聽起來就不太現實。還是說火星人坐在裡面操控指揮，就好像人的大腦指揮身體？我開始拿它們跟人類的機器做比較，生平第一次問自己：裝甲艦或是蒸氣機，在低等智慧的動物眼裡會是什麼樣的呢？

風暴過後的天空很乾淨。焦土升起縷縷煙霧，上空隱約可見的火星，正從西邊一角落下去。這時候，有個士兵進了我的院子。我聽見一陣窸窸窣窣的聲音，一下子清醒了不少，低頭往院子裡看，一個模糊的人影正翻過樹籬。一見到人，我的麻木瞬間消散。

我急忙將身子探出窗外。

「嘿！」我輕輕喊道。

他停了下來，跨坐在樹籬上。片刻的猶疑之後，他跳進院子，走過草坪，來到房子的這邊，彎著腰，腳步很輕。

「是誰？」他站在窗下，一邊輕聲問，一邊朝樓上看。

「你要去哪？」我問。

「誰知道呢？」

「你是想找個地方躲起來嗎？」

「是的。」

「進來吧。」我說。

我下樓開門，讓他進來，然後又把門鎖上。我看不清他的臉。他沒戴帽子，外套沒扣上。

「老天！」我帶他進屋子裡的時候，他說。

「發生什麼了？」我問。

「什麼沒發生呢？」昏暗之中，我看見他做了一個絕望的手勢。「他們把我們殺光了，殺得一乾二淨。」他一遍遍地說。

他失了魂似的，跟著我走到飯廳裡。

「喝點威士忌吧。」我給他倒了一杯烈的威士忌。

他一口喝完了，忽然在桌子邊坐下來，把頭埋進手臂裡啜泣起來，好像一個小男孩，哭得傷心極了。我站在他身旁，不知如何是好，居然忘了自己剛從絕望中緩過來。

過了好一會兒，他才鎮定下來回答我的問題，但說得斷斷續續，很難聽懂。他在炮兵部隊開車，晚上七點上了前線。那時公地上已經開火了，第一批火星人在一個金屬盾牌的掩護下，慢慢爬向第二個飛行器。

後來這個金屬盾牌開始用三隻腳走路，也就是我看見的第一個戰鬥機器。他開的前車將大炮牽引到霍塞爾附近，然後炮手開始行動，想要控制住沙坑。雙方就這樣交火了。炮手正轉到後方，他的馬一腳踩進了兔子洞，把他甩進了一個坑裡。就在這時，他身後的大炮被擊中了，彈藥全炸開來，四周瞬間成了火海，他發現自己正躺在一堆燒焦的人和馬下面。

「我躺著不動，」他說：「嚇呆了。頭上壓著半截馬的屍體。全死光了。那個氣味，天啊，燒焦的肉味！我的背摔傷了，躺了好一會兒才好受了一些。上一秒隊伍還在前進，一眨眼就崩了，砰，噗！」

「殺光了！」他說。

他在馬的屍體下面躲了很久，偷偷朝外面看。卡迪根軍團的人嘗試小規模突襲沙坑，全送了命。怪獸站起來，慢吞吞地走來走去，腳邊是四處逃跑的人。牠左顧右盼，像頂著一個罩子。一臺像是武器的東西，裝載了一個很複雜的箱子，閃著綠光。綠煙，也就是火流，從頂上的管子裡冒出來。

沒過幾分鐘，他的視線所及之處，已經沒有活物。每一叢灌木、每一棵樹，不是已成燒焦的骷髏，就是在熊熊燃燒。他和騎兵之間隔了一個上下坡，所以看不見他們，只聽見火星人發出一陣嗒嗒聲，騎兵那邊便沒了動靜。沃金站及周圍的房屋是最後遭殃的。怪獸發射了火流，小鎮瞬間陷入火海。然後怪獸把火流關了，轉過身，徐徐朝煙火彌漫的松樹林走去，那裡有第二具飛行器。同時，第二隻金屬怪獸從沙坑裡站起來。

第二隻怪獸隨著第一隻去了松樹林。這時，炮兵小心翼翼地從石楠叢炙熱的灰燼裡爬過，朝霍塞爾逃命。幸好他鑽進了路邊的溝渠，一路逃到了沃金。說到這裡，他的情緒激動起來。沃金根本沒法穿過去。那裡還有一些活口，但不是崩潰了，就是被燒傷了。其中一個火星怪獸轉過身來噴火，他逃向一邊，躲在牆壁坍塌後的石堆裡，磚石燒得滾邊。怪獸追上了一個逃跑的人，用鋼鐵觸手抓起他，直接往松樹的樹幹上砸。一直等到夜幕降臨，炮兵才飛快地越過了鐵路的護坡。

穿過鐵路後，他偷偷地朝梅布里逃，希望靠近倫敦的方向更安全。一路上，大家藏在溝裡和地窖裡，許多倖存下來的人朝沃金的山村和森德逃去。他實在太渴了，最後在鐵路橋的橋洞邊發現被砸爛的主水管，像泉眼似的，汩汩地往地面上冒水。

他斷斷續續地道出了經歷。他盡量描繪所見所聞，說完之後平靜了許多。他從中午開始就沒吃東西。他一開始就告訴了我，於是我在廚房找了些羊肉和麵包，拿到飯廳裡。我們沒有點燈，怕引來火星人，只好在昏暗裡摸著麵包和肉吃。他講著講著，周圍的黑暗變得立體起來，窗外被踩爛的灌木和殘損的玫瑰樹清晰可辨。看起來是有人或動物闖進過院子。我漸漸看清了他黑而憔悴的臉，想必我的臉也一樣。

吃完東西，我們輕輕地上樓去書房，我又朝窗外望去。一夜之間，整片山谷只剩下灰燼。各處的火光弱了許多，有幾個地方已不見火苗，只冒著煙。清晨投下一抹無情的光，原本隱藏在暗夜中的無數房屋和樹木的殘骸，顯露出枯槁可怕的模樣。四周，零星有些東西有幸逃過一劫——這邊是白色的鐵路信號燈，那邊是溫室的一角，在廢墟中顯得潔白、鮮亮。人類歷史中，如此趕盡殺絕的戰火，這還是第一次。東邊的天空慢慢亮起來。沙坑邊上站著三隻機械怪獸，罩子形狀的頭部轉動著，似乎是在環視著自己製造的死寂。

沙坑好像變大了一些，綠色的煙霧又一團團地冒出來，升到晨曦微露的天空裡去——升起，旋轉，散開，消逝。

喬巴姆那邊，本來直直噴著火柱。在第一縷陽光下，火柱逐漸成了火紅的煙柱。

第十二章 目睹韋布里奇和謝珀頓的毀滅

我們在窗邊看火星人。天亮了起來，於是我們離開窗邊，輕手輕腳地下樓。

我和炮兵都覺得躲在房子裡並不安全。他打算往倫敦去，去找自己的炮兵隊伍——第十二騎兵炮兵排。我計畫回萊瑟黑德。我見識了火星人的殘暴，決定要帶妻子去紐黑文，從那裡的港口出國。外星生物不滅，倫敦周圍的鄉鎮必難逃水深火熱的災難境地。

可是萊瑟黑德和我之間，隔著第三顆飛行器，那裡也有怪獸嚴加防守。如果當時只有我自己，我便會冒險橫穿山村。但炮兵勸我不要。他說：「讓夫人守寡，不太好吧？」最後我同意和他一起，以樹林作掩護，往北邊逃，到科伯姆街再和他分道揚鑣，繞道埃普松去萊瑟黑德。

要是我自己一個人，一定立馬就出發了。但我的同伴果然是現役的士兵，在他的建議下，我按他說的，翻箱倒櫃找出了一個隨身酒壺，他往裡頭灌滿了威士忌。我們的每一個口袋都塞滿了餅乾和肉條。然後我們悄悄走出屋子，全速跑上我前一晚來的小路。周圍的房子好像都沒人了，路上有三具躺在一起的屍體，都是被火流燒死的。地面上散落著大家逃跑時落下的東西——鐘錶、一隻拖鞋、銀匙，諸如此類的平民百姓的家當。通往郵政局的拐角處有一架小馬車，馬不見了，只有幾個箱子、一些家具，以及往前倒在破輪子上的車身。馬車的殘骸下，丟了一個被匆忙砸開的現金箱。

除了還燒著的孤兒院宿舍，這附近的房屋還算幸運。火流削了煙囪的頂，便離開了。可是，除了我們倆，梅布里山上見不到一個人。居民大概都穿過老沃金逃走了吧（**也就是我昨天去萊瑟黑德的那條路**），不然就是躲起來了。

我們沿小路往前，路過了穿黑色衣服的屍體（經過一夜的冰雹，他已經溼透了），然後鑽進了山腳的樹林，一直逃到鐵路，一路上都沒人。鐵路那邊的樹林只剩焦黑的廢墟，大部分樹都倒了；幾棵仍舊佇立著的，樹幹成了灰色，綠葉成了褐色，一幅淒慘的景象。

在鐵路的這邊，在大火中遭殃的只有附近的幾棵樹，火勢不大。有個空地，伐木工原先每週六在那裡工作。樹木砍下後，修剪好枝葉，就橫在空地上，周圍是一堆堆木房，以及電鋸和電機。空地的近處有一座臨時搭建的木屋，裡面沒人。這天上午沒有一絲風，一切都安靜得詭異，連一聲鳥叫都沒有。只有我和炮兵一邊低語，一邊不時地回頭看。我們特意停下了一兩次，聽聽看有沒有任何動靜。

又走了一會兒，離馬路不遠的時候，我們聽見了馬蹄聲。透過樹叢，我們看見三個騎兵正朝沃金的方向去，於是喊住了他們。他們停下來，我們朝他們跑過去。他們是皇家第八驃騎兵團的一個中尉、兩個二等兵，拿著一個經緯儀似的東西。炮兵跟我說那是日光反射信號器。

「我們一路走來，就只有你們倆。」中尉問，「情況怎樣了？」

他的神情和語氣都有些迫切，身後的兩個二等兵也一臉好奇。炮兵從護坡跳到路上，向他們敬禮。

「報告長官，昨晚大炮被炸了。我一直躲著。正想趕回隊伍裡。沿著這條路再走個半英里，就能望見火星人。」

「他們到底長什麼樣？」中尉問。

「是穿鎧甲的巨人，長官。一百英尺高。三條腿和身體像是鋁製的，頭很大，戴個罩子。」

「騙誰呢！」中尉說：「誰信啊！」

「長官，等您親眼看見就信了。他們還有一個大箱子，會噴火，打中就死。」

「那是什麼？大炮嗎？」

「不是的，長官。」炮兵開始仔細描述火流。他說到一半，中尉打斷了他，看著護坡上的我。

「他說的沒半句假話。」我說。

「好吧，」中尉說：「看來是要我親眼看見才行了。那麼——」

他把頭轉向炮兵：「我們被派到這裡來督促居民撤離。你最好是把所有這些情況都報告給馬文准將。他在韋布里奇。認識路嗎？」

「我認識。」我說。他把馬又轉向了南邊。

「半英里，對吧？」他說。

「最多半英里。」我一邊回答，一邊指向南邊的樹梢。他道了句謝便上路了。後來我們再也沒見過他們。

再往前走，我們又碰上了三個女人，帶著兩個孩子，在一個農舍裡翻找東西。他們找到了一輛二輪馬車，又把它放回一堆破家具上面。他們很忙，無暇跟我們說話。

走到拜弗利特站附近，我們從松樹林裡鑽出來。晨光底下的鄉野寧靜安詳。這裡已不是火流的攻擊範圍。幾間屋子已經空空蕩蕩，幾間正有人匆忙收拾行李，一群士兵站在鐵路橋上，凝望著通往沃金的鐵路——除了這些，這一天和平時的週日沒什麼兩樣。

去阿德爾斯通的路上，幾輛農用馬車和二輪馬車嘎吱作響。我們從農田的大門處望去，忽然發現在平坦的草地的另一頭，整齊地立著六門十二磅大炮，一字排開，炮口對著沃金。大炮旁邊站著炮手，彈藥車和大炮的距離也是準備就緒的樣子。炮手的站姿好像在接受檢閱。

「這不錯啊！」我說：「總有一發能打中吧。」

炮兵在農田的門口停下了。

「我還是趕路吧。」他說。

我們往韋布里奇走去，看見橋的另一頭也有許多人，穿著白色野戰外套，正在築一道長長的土牆，身後有許多大炮。

「這是拿弓箭對付閃電罷了，」炮兵說：「畢竟他們沒見過那火流。」沒有參與作業的軍官站在那裡，凝望著西南邊的樹梢。挖土的人也不時停下，朝同一個方向望。

拜弗利特已經亂成一團。百姓在收拾家當，一隊驃騎兵（有的騎馬，有的不騎）在四處追人。村莊的街道上，大家往一輛輛車子裡裝東西，其中有三四架軍用馬車，帶著圓圈裡頭畫十字的標誌，還有一輛公共馬車。路上人擠人，大多數人倒是擠出了時間穿上了最好的衣服。士兵努力想讓大家明白事態之嚴重，可是並不成功。我看見一個瘦弱的老人，身邊有一口大箱子和二十多盆蘭花，對著一個勸他不要帶上這些東西的下士發火。我停下腳步，抓住他的手。

「你知道那邊有什麼嗎？」我指著遠處藏著火星人的松樹林問他。

「啊？」他轉頭說：「我在跟他解釋這些東西很值錢。」

「死神！」我吼道，「死神要來了！死神！」說完我便去追炮兵了，留下老頭慢慢體會——如果他能體會的話。走到街角時我回頭看。士兵不管老頭了，老頭還站在箱子旁邊，箱子上放著那二十幾盆蘭花。他迷茫地望著松樹林。

韋布里奇沒人知道大本營駐紮在哪裡。整個小鎮亂得一塌糊塗，我從未見過這番景象。到處是大大小小的馬車，各種運輸工具和馬混雜在一起。上層階級的人，男的穿著高爾夫球服或是帆船服，女的打扮得漂漂亮亮，也在收拾家當，常在河邊混的懶人在給他們做幫手。小孩興奮得很，畢竟這個週日的體驗和往常大不相同。德高望重的牧師絲毫不害怕，仍在主持慶祝活動，鈴鐺的聲音在嘈雜的人聲裡迴響。

我和炮兵坐在噴泉的臺階上，吃了一點隨身帶的食物，就當是將就一餐。這裡的巡邏兵不是驃騎兵，而是穿著白色軍裝的步兵。他們在警告大家，要嘛現在就走，不然開火後就躲到地窖裡去。走過鐵路橋的時候，我們看見大家聚集到火車站以及周圍，熙熙攘攘的月臺上堆滿了箱子和行李。我想，一般的交通已經停運，畢竟要往切特西運送軍隊和炮火。我聽到幾處人群因為聽到特別班次延後發車，爆發出憤怒的叫喊。

我們在韋布里奇待到了中午，十二點的時候我們發現所在之處離謝珀頓堤壩不遠，韋伊河和泰晤士河在那裡交匯。我們幫了兩個老婦人往一輛小推車裡裝東西。韋伊河有個三岔河口，可以租船，也有輪渡往來。謝珀頓所在的河岸上，有一家帶草坪的旅店，再往裡走就是高過樹梢的謝珀頓教堂的塔樓——如今已重建為一座尖塔。

碼頭上準備逃難的人又多又吵。小鎮還不至於恐慌，但船已經不夠運送來來往往的人了。大家背著沉甸甸的行李，氣喘吁吁地趕到這裡。一對夫婦甚至拉了一個門板過來，上面堆著家用品。有個人跟我說，他本來準備從謝珀頓站坐火車走。

周圍充斥著喊叫聲，甚至還有人在說笑。在他們的腦海裡，火星人不過是一種可怕的人罷了。火星人可能會襲擊、劫掠城鎮，但終將被人類消滅。偶爾有人緊張地看一眼韋伊河對岸，那裡有通往切特西的草地。但那邊沒有任何動靜。

在泰晤士河對岸，除了船靠岸的地點，沒什麼吵鬧聲，和薩里形成了鮮明的對比。下船的人直接沿著小路離開了岸邊。大渡船剛剛從對岸回來。三四個士兵站在旅店的草坪上，一邊看著逃難的人，一邊拿他們說笑，也不過去幫個忙。旅店關門了，那時是禁止營業的時間。

「那是什麼？」一個船夫喊道。

「別叫了，笨蛋！」離我不遠的一個男人對他的狗說。

這時，從切特西那邊傳來了一聲悶響，是大炮開火的聲音。

開打了。幾乎是下一秒，我們右對岸的大炮便加入了這場合唱。不過樹擋住了大炮，我們看不見。一個女人尖叫起來。所有人都被突如其來的戰鬥嚇壞了。戰火離我們那麼近，卻又看不見。視野裡只有平坦的草地、專心吃草的乳牛，和煦的陽光下，修剪過樹冠的柳樹安靜地閃著銀光。

「士兵會擋住他們的吧。」我旁邊的一個女人說，語氣帶著猶疑。樹梢那邊變得有些朦朧。

剎那間，遠處的河面上噴出一陣煙霧，停在空中。腳下的地搖晃了一下，一陣爆炸的轟鳴讓空氣也震顫起來，附近幾座房屋的窗玻璃碎了。我們目瞪口呆地站在那裡。

「來了，他們！」一個穿著藍色針織衫的男人喊道，「那裡！你們看見了嗎？就在那裡！」

話音剛落，在遠處的小樹林裡，在通往切特西的草地的另一頭，火星人出現了，一個、兩個、三個、四個，大步流星地朝河這邊過來，像是戴著大罩子，姿態緩慢，實際比飛鳥還快。

緊接著，第五隻從斜對面走來。他們全身鎧甲，在陽光下銀光閃閃，朝機槍大炮衝去。隨著距離的縮短，他們看起來愈發龐大。最左邊，也就是最遠的那隻，揮了揮一個大盒子，和週五晚一樣可怕的火流便如幽靈一般向切特西襲去，擊中了小鎮。

見到這些進攻迅速的怪獸，人群似乎一下子沒反應過來，沒有尖叫，沒有哭喊，一片靜默。接著，傳來一陣沙啞的低語和腳步的移動聲，伴隨著水濺起來的聲音。我身邊有一個男人，肩上扛著一口皮箱，生怕掉下來，他猛地一轉身，箱子一角撞在我身上，我一個踉蹌。然後一個女人一把將我推開，慌張地往前面擠。我在慌亂的人群裡被擠得不斷轉身。但我沒有被嚇到，腦子裡想著怎麼躲避火流。水裡！對，水裡！

「躲到水裡去！」我大聲喊，卻沒人照做。

我看看周圍，朝火星人來的方向跑去，跑下河灘，衝向水裡。有人跟著我一起跑。一艘調頭回來的小船正靠岸，船上的人跳下來。腳下的沙土又黏又滑。河太淺，我跑了二十英尺，水還沒有齊腰。我看火星巨獸離我不到兩百碼，便一頭栽進水裡。船上的人跳到河裡的聲音傳入我耳朵，轟隆轟隆彷彿雷鳴。他們急急忙忙地朝河道的兩邊逃。不過此刻，火星人並沒有注意到這邊逃竄的人，就好像人踢了一腳螞蟻窩，也不會在意螞蟻的慌亂。快憋不住氣的時候，我把頭伸出水面。火星人的頭朝向河對岸持續開火的排炮，一邊靠近，一邊揮動火流噴射器。

片刻之後，火星人在河岸上，他一個跨步，又來到了河中央。在較遠的河岸上，他的前肢是彎曲的，一眨眼的工夫，他已站直了身體，離謝珀頓很近了。右側河岸的人看不見的、藏在村莊郊外的六架大炮，一齊開火了。突然響起的震天巨響，一發接著一發，離我那麼近，令我的心怦怦直跳。第一顆炮彈在怪物頭頂六碼處炸開，怪物正將火流噴射器舉過頭頂。

我嚇得叫了出來。其他四個火星怪物我看不見，也沒去想，全部的注意力都集中在近處的交火上。接著，第二、第三顆炮彈同時在火星人頭頂炸開。他的頭一轉，第四顆迎面飛來，他沒來得及躲開。

那顆炮彈正中了他的臉，罩子瞬間炸開，成了紅色的血肉和閃光的金屬碎片。

「中了！」我大喊道。既是尖叫，也是歡呼。

躲在水裡的其他人也應聲叫喊。那一刻的狂喜差點讓我從水裡蹦出來。沒了頭的怪獸在原地打轉，像是喝醉的巨人。然而他沒倒下，反而奇蹟般地找到了平衡，完全不在意腳下，穩穩地舉著火流噴射器，快步向謝珀頓靠近。罩子裡的火星人已被消滅，血肉難尋，只剩下向毀滅飛旋而去的精密機械。他不辨方向，只走直線，撞上了謝珀頓教堂的塔樓。塔樓彷彿是遭了一記撞槌，轟然倒塌。怪獸轉了一圈，踉蹌了幾下，然後重重地倒在河裡，從視野中消失了。

而後是劇烈的爆炸，空氣都在震動，河水、蒸氣、泥土和金屬碎片一齊飛向高空。火流的噴射器掉進河裡，河水立刻成了水汽。巨浪滾燙，裹挾著泥土，像海潮湧入河口，撲向上游的拐彎處。許多人往岸邊逃，在火星人倒下後的沸騰和轟鳴裡，隱約傳來他們的尖叫。

有那麼一剎那，我忘記了熱浪，忘了要保護自己。一反應過來，我便推開一個穿黑衣服的人，往河道的拐彎處跋涉。六、七艘沒人的小船在浪尖顛簸。下游方向，倒下的火星人重新出現在視野裡，橫躺在河中，大部分都淹沒在了水下。

殘骸騰起大團的蒸氣。隔著縷縷水霧，我間或看見火星人巨大的肢體正翻攪著河水，將一股股泥土和泡沫掀到空中。觸手揮舞拍打，像是真的手臂。那無助又近乎本能的搖動，像是一隻受傷的動物在浪潮中掙扎著求生。一股股紅棕色的液體從這金屬的機器中噴湧而出，發出砰砰的聲響。

這時，一聲怒吼吸引了我的注意，彷彿是製造業小鎮裡常有的汽笛的尖嘯。縴道邊有個男的，站在齊膝深的水裡，對我叫喊，但我聽不見喊聲。他指著我身後，我轉過頭，看見餘下的火星人正邁著大步，從切特西那邊沿河岸走來。這次，謝珀頓的大炮沒有奏效，只是徒勞地響著。

我趕緊躲進水裡，屏住呼吸在水面下跌跌撞撞地走，直到再也走不動。四周的水混淪喧嘩，越來越燙。

我把頭伸出水面換氣，甩了甩頭髮和眼睛裡的水。起初白色水霧旋轉升騰，完全遮住了火星人。響聲震耳欲聾。我只能模糊地看見巨獸，他們灰色的身影在迷霧中顯得更加龐大。他們從我附近跑過。其中兩隻在岸上，彎下腰，看著戰友的殘骸，那裡泡沫和沸水翻湧。

第三隻和第四隻站在水裡。一隻離我大概兩百碼，另一隻面朝賴爾漢姆。火流的噴射器依然高懸在空中，嘶嘶作響的火流打向四面八方。

火星人鏗鏗的金屬聲，房屋砰然崩塌的聲音，樹、圍欄、棚屋轟然起火的聲音，火焰的劈啪和呼嘯聲——各種聲音震天響，嘈雜紛亂，不絕於耳。濃密的黑煙和河裡升起的白色水霧交纏在一起。火流在韋布里奇來回地竄，襲擊的地方先是冒起熾熱的白煙，隨後便是火焰可怕的狂舞。近處的房屋還算完好，彷彿等待著宿命，在後方肆虐的火焰前，蒼白黯淡地站立著。

齊胸口深的水好像快被煮沸，然而我依然站在那裡，被嚇呆了，覺得逃命是不太有可能了。在瀰漫的霧氣中，我看見先前和我一起躲在水裡的人正爬過蘆葦，像是被人追趕的青蛙在草叢中逃命。他們在縴道上逃竄，驚恐萬狀。

忽然，火流朝我這邊撲來，一路觸碰的房屋全部坍塌，躥起火苗，樹木被呼嘯的烈焰吞噬。火流跳上縴道，舔舐著四下奔逃的人群，然後飛向水邊，離我不到五十碼。它橫穿過河面，往謝珀頓飛去，經過的水面瞬間沸騰，炸開滾滾水汽。我轉身往岸邊逃。

我被臨近沸點的巨浪包圍，大聲地尖叫。我已經被燙傷，眼睛看不清，痛苦萬分，踉蹌著蹚過嘶嘶作響的浪潮，努力靠近河岸。要是我摔倒，必死無疑。我筋疲力盡地倒在韋伊河和泰晤士河分界的岬角上。那裡寬闊、貧瘠，只有沙礫，完全暴露在火星人的視野中。我死定了。

我依稀記得，在離我的頭不到二十碼的地方，火星人一隻腳踩進鬆散的沙礫，扭了幾下，又抬起，好一會兒沒有動靜。我記得四個火星人抬著戰友的殘骸，然後就記不清了，只想起一層薄煙。他們一直往遠處去，好像越過了河流和草地。我漸漸反應過來，自己好像撿回了一條命。真是奇蹟。

第十三章 我如何偶遇牧師？

在被人類的武器意外地教訓了之後，火星人退到了霍塞爾公地上。他們撤退得匆忙，又抬著戰友的殘骸，所以忽略了像我一樣微小、和人群走散的逃難者。要是他們丟下戰友，往前進攻，攔路的不過是一些十二磅的大炮。以他們勢如破竹的戰力，倫敦必定淪陷。那極具殺傷力的突然襲擊，令人心驚膽戰，與一百年前摧毀了里斯本的大地震相比，有過之而無不及。

但他們好像並不打算速戰速決。飛行器是一個接一個地來到地球的，每隔二十四小時來一批援軍。人類這邊，陸軍和海軍的高層都認識到了對手的強大，全力迎戰。每分鐘都有新的大炮就位。夜色降臨時，在京斯敦和里奇蒙一帶的山坡上，每一叢小樹林、每一排鄉間別墅前，都有黑色的炮口嚴陣以待。霍塞爾公地上，火星人大本營周圍那些被燒焦的偏遠之地——總共大約二十平方英里內——布滿了全神貫注的偵察兵。他們匍匐在綠林間已成焦土與廢墟的村落中，潛伏在昨日還是小松樹林夾道、如今已炭黑冒煙的小路旁，隨時準備用日光反射信號器向炮兵發出火星人靠近的預警。火星人已經瞭解我們如何發射炮彈，瞭解近距離攻擊人類的風險，同時，沒有一個人敢冒生命危險，踏進飛行器方圓一英里的範圍內。

整個午後，火星人似乎都在轉運物資，把阿德爾斯通高爾夫球場的第二個飛行器和皮爾福德的第三個飛行器帶來的東西，全運到霍塞爾公地的大本營。轉運完畢後，除了一個站在焦黑的石楠叢和房屋的廢墟上放哨，其他火星人都離開了他們的巨型武器，回到沙坑裡去了。他們在沙坑裡忙到很晚，綠色的煙霧直升高空，即使從梅羅那邊的山上看也一清二楚，聽說甚至從班斯特德和埃普松丘陵都能看見。

帶著無盡的痛苦和疲憊，我從韋布里奇出發去倫敦。背後是準備下一波攻勢的火星人，前方是集結迎戰的人類。

我看見一艘沒人要的小船正往下游漂，趕緊丟了溼透的衣服去追它。靠這艘小船，我離開了這個被摧殘殆盡的地方。船上沒有槳，我只能用燙傷的雙手划水，往哈利福德和沃爾頓那邊去。船慢得令人心煩，我也不時回頭看，你應該能理解為什麼。我順著河流前進，因為萬一火星人捲土重來，躲水裡或許還有一線生機。

熱氣蒸騰的河水從火星人倒下的地方往下游流淌，所以我漂流了一英里後，依舊看不清河岸，只看見過幾個從韋布里奇來的黑色人影穿過草地。哈利福德似乎已經沒人了，沿河的屋子都在燃燒。在熾熱的藍天下，這一帶被怪異的安靜籠罩，一片荒涼，只有煙霧和細小的火苗徑直飄向空中，融入午後的熱浪。我以前從沒見過這樣任其燃燒、無人援救的房屋。河岸上更遠處的乾蘆葦叢也冒著煙，閃著火光，焚燒殆盡的乾草田裡，蔓延著一條火線。

我漂流了很久，瘋狂的逃命和水上的熱氣令我又累又難受。然後恐懼又占回了上風，於是我繼續划水。陽光炙烤著我赤裸的背脊。終於，船來到一個拐彎處時，我看見了沃爾頓的橋。恐懼敵不過發熱和虛弱，我在密德薩斯靠岸，躺在河岸邊的高草叢裡，難受得好像就要死去。那時大概是四、五點。躺了一會兒我便站起來趕路，走了可能有半英里，沒有見到一個人，然後又躺在了樹籬的陰影裡。最後這一段記憶很模糊，我好像在跟自己胡言亂語。我很渴，十分後悔沒有多喝一點水。不知為什麼我居然有些生妻子的氣。我多想去萊瑟黑德，可是沒有力氣，只能乾著急。

牧師是什麼時候出現的，我記不清了，或許我睡過去了。我睜開眼時，他坐在地上，衣袖被煙熏黑了。他抬著頭，鬍鬚剃得很乾淨，盯著天空中一顆舞動的閃爍光點。天空是「魚鱗天」，鵝毛似的淡雲鱗次櫛比，剛剛被仲夏的日落染上了一點色彩。

我坐起身。他聽見動靜，便看向我。

「你有水嗎？」我直接問。

他搖了搖頭。

「你要水喝要了一個小時了。」他說。

然後我們都沒說話，端詳著對方。他一定覺得眼前的這個人很奇怪。除了溼透的褲子和襪子，我什麼都沒穿。身上被燙紅，臉和肩膀被熏得焦黑。他的臉色看起來很虛弱，下巴並不突出；頭髮鬆散，額前是淡黃色的捲髮；眼睛很大，淡藍色，迷茫地盯著我。他把空洞的目光轉向一邊，忽然開口說道：

「是什麼東西？那些是什麼東西？」

我看著他，沒有回答。

他伸出清瘦白皙的手，略帶怨氣地說：

「怎麼會發生這種事？我們犯了什麼罪？我早上做完禮拜去散步，想清醒一下頭腦，準備開始下午的工作。忽然，到處都著火了，地震了，死人了！好像是上帝降火於索多瑪和蛾摩拉！[1]一切聖工都毀了，都毀了。這些火星人到底是什麼？」

「我們是什麼？」我清了清嗓子，回答道。

他把手放在膝蓋上，又轉過頭來，盯著我看了有半分鐘，什麼也沒說。

「我正在散步，想清醒一下頭腦，忽然就著火了，地震了，死人了！」他開口道，然後又陷入了沉默，把頭埋在膝蓋間。

過了一會兒，他擺了擺手。

「我們做了那麼多聖工，在主日辦了那麼多學，哪裡犯錯了嗎？韋布里奇哪裡犯錯了嗎？一切都沒了，都毀了。教堂也沒了。三年前才重建的。沒了！全塌了！到底為什麼？」

他頓了一下，又開始發瘋似的喊。

「火一直在燒，一直冒煙！」

他用細長的手指指著韋布里奇那邊，雙眼彷彿也起了火。

這時我才有點明白了眼前的人是誰。他從韋布里奇逃過來，這場人間的慘劇將他推向了信仰的邊緣。

「這裡離森伯里近嗎？」我鎮靜地問。

「我們該怎麼辦？」他沒有回答，逕自問道，「這些生物到處都是了嗎？地球被他們占領了嗎？」

「這裡離森伯里近嗎？」

「今天早上我才主持了慶祝活動——」

「世界變了，」我安靜地說：「你要冷靜。希望還是有的。」

「希望！」

「對，雖然這一帶都毀了，但還是有很大希望的。」

我跟他解釋我們的處境。他的眼神裡有了一絲興趣，但很快又黯淡了，變回了剛才

1 取自《聖經》典故。索多瑪和蛾摩拉是兩座城市，罪惡墮落，上帝降下大火將其摧毀。

的迷惘，沒再聽我說話。

「這一定是末日降臨了。」他打斷我說：「末日！主偉大又可怕的末日！子民呼喊高山，山石就會落下，讓他們藏身，避開坐在寶座上的主！[2]」

我開始明白，對他解釋是白費工夫，於是停下了，艱難地站起來，低頭看他，把一隻手放在他肩上。

「打起精神來！」我說：「你不過是害怕了！如果災難一來，你的信仰就崩塌，那還算什麼信仰？你想，人類經歷了那麼多地震、洪水、戰爭、火山爆發！你該不會覺得上帝會豁免韋布里奇吧？他又不是保險代理人。」

他坐著，沉默了。

「但我們要怎麼逃出去？」他忽然問：「火星人無人能敵，又冷血無情。」

「不一定無敵，也不一定冷血。」我回答說：「況且他們越強大，我們越要冷靜、小心。三個小時之前，那邊殺死了一個火星人。」

「殺死！」他看看周圍，「上帝的使者怎麼會被殺死呢？」

「我親眼看見的。」我告訴他，「打得最激烈的時候，我們偶然抓到了機會，就把他殺了。」

「天上閃光的是什麼？」他又沒頭沒腦地問了一句。

我告訴他，那是日光反射信號器，是人類互相幫助、努力禦敵的記號。

「我們的周圍是一場風暴，」我說：「儘管很安靜。那閃光點預示著風暴正在醞釀。這邊是火星人。倫敦那邊，里奇蒙和京斯敦連綿的山上，樹林遮蔽的地方，大家在趕造堡壘，布置炮火。過不了多久，火星人就會往這邊來。」

我說這話的時候，他站起來，做了一個讓我停下的手勢。

「聽！」他說。

從河對岸低矮的山巒的另一邊，傳來了炮火聲沉悶的迴響和遙遠而奇怪的叫聲。然後一切重回寂靜。一隻金龜子在樹籬上盤旋了一會兒之後，飛走了。西邊的天空中，掛著一刀淺白的新月。托舉著這彎新月的，是韋布里奇和謝珀頓的煙氣，以及火熱又壯麗

2 指《聖經》中末日審判的場景。子民對高山呼喊，希望高山落下碎石給他們藏身，讓坐著寶座降臨人間的主看不見他們。

的夕陽。

「我們還是沿著這條路走吧。」我說：「朝北走。」

第十四章 倫敦

火星人降臨沃金的時候，我的弟弟在倫敦。他是個醫學生，正在為即將舉行的考試做準備，直到週六早上才聽說火星人的事情。週六的各家早報，除了介紹火星的長篇大論，有一則簡短的電報，措辭不甚清晰，卻最為重磅。

消息稱，人群靠近的時候，火星人慌了，用急射炮殺了他們。主編在電報的最後安慰道：「火星人雖然看起來很可怕，但沒有走出沙坑半步，應該是因為地球重力的緣故而無法離開。」

那天我弟弟去上生物補習班。不出所料，班上的同學對火星人的消息饒有興趣，可是街坊鄰里卻很平靜。下午的報紙用大標題報導了火星人事件，不過內容僅有軍隊到了公地，以及沃金和韋布里奇的松樹林起火。八點過後，《聖詹姆斯報》發行「號外」，宣布電報通信被切斷，原因可能是倒下的松樹拉到了電線。除此之外，沒有任何關於那晚（也就是我把妻子送去萊瑟黑德然後回家的那晚）開火的消息。

弟弟並不擔心我們，因為報紙上說的火星飛行器的位置，離我們家足有兩英里。他本打算來找我，好在火星人被消滅之前能看上一眼。他在凌晨四點給我發了一封電報，我沒有收到。接著，他去了歌舞戲院。

週六晚，倫敦也有雷暴。我弟弟坐馬車到了滑鐵盧站，打聽到半夜的火車通常在哪個月臺出發。他在那裡等了一會兒，卻聽說前往沃金的火車因故取消了。至於是什麼原因，他沒有打聽到。火車部門那時確實還不清楚到底發生了什麼事。車站裡沒什麼騷動。管理員以為，只有拜弗利特和沃金之間的路線出了故障，繞道離沃金不遠的維吉尼亞湖或者吉爾福德的班次依然正常運行，並且忙著為週日樸資茅斯對南安普敦足球聯賽的專車調整路線。一個做夜間新聞的報社記者把我弟弟錯認為火車站站長（他倆長得有點像），攔下他想做一個採訪。除了火車站的管理員，誰也沒想過鐵路故障和火星人有關係。

後來，我在其他人的敘述中讀到，週日上午，「聽說了沃金的消息後，整個倫敦都震驚了」。這樣誇張的說法，跟事實相去甚遠。許多倫敦人，直到週一早上才聽說了火星人的新聞，才想起週日報紙上那則措辭略顯匆忙的電報意味著什麼。況且大多數倫敦人，是不讀週日報紙的。

倫敦人都習慣地以為自己很安全。駭人的事件到了報紙上也只是平鋪直敘，以至於倫敦人讀起來，不會有絲毫害怕。「昨晚七點左右，火星人走出了圓柱形的飛行器，移動時以金屬盾牌做掩護。他們徹底毀壞了沃金站及周圍的房屋，擊殺了卡迪根軍團的一個營，詳細情況還在瞭解中。馬克沁機槍無法穿透他們的盔甲，野戰炮全部被擊毀。驃騎兵持續馳援切特西。火星人以緩慢的速度朝切特西或溫莎方向靠近。薩里郡西人心惶惶。前往倫敦的路線已經開始修建堡壘。」這是《太陽報》週日的報導。《裁判報》發表了一篇非常及時的「指南」，將火星人比作闖進了山村的野獸。

全副武裝的火星人到底是怎樣的生物，倫敦沒有人知道。甚至有不少人堅持說火星人行動遲緩，幾乎所有早期的報導都使用了「爬行」或「艱難移動」之類的字眼來形容火星人的行動。沒有一封電報是出自目擊者的。週日的報紙一收到消息，便發行「號外」。有的報紙甚至沒有收到消息，也在發行特刊。但其實都沒什麼實質性的內容。直到傍晚，政府才放了一些風聲給媒體，說沃爾頓和韋布里奇，以及周邊地區的所有人，都朝著倫敦方向逃亡。僅此而已。

那天早上，我弟弟去了孤兒院的教堂，對前一晚發生的事毫不知情。他在那裡聽說了火星人入侵的一些傳言和特別的禱文。他從教堂出來後，買了一份《裁判報》，讀了新聞才擔心起來，於是又去了滑鐵盧站，想看看班次是否恢復了正常。那裡擠滿了公共馬車、私人馬車、自行車和衣著光鮮的行人，絲毫沒有被各家報刊散播的怪事影響心情。他們只是感興趣，就算有些許警覺，也僅限倫敦的居民。他在車站聽說，溫莎和切特西的通信被切斷了。搬運工告訴他，早上從拜弗利特站和切特西站發來了幾封駭人聽聞的電報，但接著便沒了音訊。除此之外，也沒問出更多細節。

「韋布里奇那邊還在打。」消息最多是這樣。

火車站已經亂了。許多人來接從西南方來的親友，火車卻遲遲沒到，他們只能站在那裡等。一個頭髮灰白的老先生跟我的弟弟搭話，開始罵營運西南部鐵路的火車公司。

「早該到了。」他說。

有一兩班從里奇蒙、普特尼和京斯敦那邊來的火車進站了。車上的人搭火車去划船，卻發現水庫關了，大家都有些害怕。一個穿著藍白外套的男子跟我弟弟說了許多奇怪的消息：

「許多人逃到了京斯敦，提著大包小包，還有推車的，帶著整箱的家當。他們從莫里瑟、韋布里奇、沃爾頓那邊來，說切特西那邊有很猛的炮火聲。騎馬的士兵說火星人要來了，叫他們立即撤離。我們在漢普頓宮站也聽到了，還以為只是打雷。所以是什麼意思？不是說火星人出不了坑嗎？對吧？」

我弟弟答不上來。

後來，車站裡擔憂的陰雲蔓延開來。週日去巴恩斯、溫布頓、里奇蒙公園、邱園這些地方玩的人，回來得出奇的早。不過，除了不清不楚的傳言，誰也不知道更多的細節。這是終點站，在這裡乘車下車的人，似乎心情都很煩躁。

五點左右，連接東南和西南的線路通了，貨廂裡是大炮，客廂裡是滿滿當當的士兵。這條線路幾乎從不運行。站裡聚集的人群一陣騷動。大炮是從伍利奇和查塔姆調去支援京斯敦的。人群裡傳來一些玩笑話：「你要被吃掉了！」「我們是馴獸師！」諸如此類。過了一會兒，一小隊警察趕來，清退月臺上的人群。於是我弟弟出了站，來到街上。

教堂的鐘聲響了，是晚禱的時間。幾個救世軍的年輕女兵唱著歌，沿著滑鐵盧路走來。橋上有幾個流浪漢，看著從上流漂來的一團團奇怪的棕色浮渣。夕陽正落下。時鐘塔和國會大廈倚靠著金色的天空，紫紅色的雲彩錯落有致，寧靜得難以想像。一個自稱是後備軍人的人告訴我弟弟，他在西邊天空看見過反光信號燈的光點。

我弟弟在威靈頓街上看見兩個身材結實、衣衫粗糙的人，從艦隊街跑過來，拿著剛印出來的報紙，以及印著醒目大字的標語牌。「驚天浩劫！」他們輪流喊著，「韋布里奇戰事詳解！火星人被擊退！倫敦危險！」我弟弟用三便士買了一份報紙。

直到那時，他才意識到了那些怪獸的強大和可怕。火星人不是幾隻行動遲緩的小動物，而是操控著機械軀體的智慧生命。他們行動迅速，所向披靡，即便是最厲害的大炮也無法與他們抗衡。

報紙上說，他們是「蜘蛛一樣的大機器，身高接近一百英尺，移動速度堪比特快火車，能噴射極高溫的熱流」。霍塞爾公地周圍，尤其是沃金和倫敦之間，隱蔽地布置了野戰炮。五個火星人向泰晤士河靠近，其中一個偶然被擊斃，除此之外，炮彈全部打偏，大炮也被熱流擊毀，有大量傷亡。不過，報導的基調還是樂觀的。

火星人被擊退了，證明他們並非堅不可摧。他們撤回到沃金的三具飛行器附近。帶著日光反射信號器的通信兵從各個方向朝火星人靠近。大炮以最快的速度從溫莎、樸資茅斯、奧德爾肖特、伍利奇，甚至從北邊，運送到前線。此外，還有從伍利奇運去的九十五噸簡易長槍。按計畫部署也好，匆忙布置也罷，總共有一百一十六門大炮就位，防禦倫敦。如此大範圍又迅速地集中武裝力量，是英國第一次。

烈性炸藥正在加緊製造和分配，假如再有飛行器落下，希望可以立即用炸藥擊毀。報導說，形勢無疑是罕見而嚴峻的，但不能恐慌。火星人無疑是極其怪異和可怕的，但他們頂多二十人，而我們有幾百萬士兵。

報導說，這樣推斷不是沒有根據。以飛行器的大小，每一具至多能載五個火星人，三具飛行器共十五個，而且現在至少消滅了其中之一。火星人一旦靠近，有關部門就會發布預警，並已全面採取措施保護西南地區的民眾。這篇類似官方聲明的報導在結尾重申，倫敦很安全，官方有能力應對危機。

報導以超大的字型大小印出來，油墨未乾，報社甚至沒有時間附上評論。我弟弟說，報紙的日常內容臨時讓位給這樣的文章，實在少見。

威靈頓街上，隨處可見翻閱粉色報紙的人。突然，河岸街上也出現了一大群報販，叫賣聲此起彼伏。還有不少人爬下公車來買，以防售罄。無論之前多無動於衷，大家都被這篇報導激起了不小的熱情。我弟弟說，河岸上的一家地圖店打開了百葉窗，裡頭的一個男人還沒來得及換下休息日的衣服，便戴著檸檬黃手套，匆匆忙忙地將薩里郡的地圖掛上櫥窗。

我弟弟拿著報紙，從河岸街走到特拉法加廣場，看見幾個從薩里郡西逃來的難民。一對夫婦帶著兩個男孩，推著菜販子常用的二輪馬車，裝滿了家當。他從西敏大橋那邊過來，緊隨其後的是一輛運乾草用的馬車，裡頭坐著五六個看似體面的人。帶著一些行李。他們的臉色很差，樣子和公共馬車上精心打扮的參加安息日活動的人形成了鮮明的對比。公共馬車裡穿著新潮的人悄悄往外頭看。逃難的人走到廣場便停下了，好像還沒決定要去哪裡。猶豫了一會兒，他們拐向東邊，繼續沿著河岸街走。接著來的是一個穿著工裝的男子，騎著那種前輪很小的老式三輪車，他周身很髒，臉色蒼白。

我弟弟轉而向維多利亞區走去，一路遇見了更多難民，他潛意識裡覺得甚至會碰到我。比往常多得多的警察在維持交通。有些難民在跟公共馬車上的人交流見聞，其中一個稱自己見到了火星人：「我跟你說，他們就像踩著高蹺的鍋爐，大步走路的樣子又像人。」大多數人都很興奮，都因為神奇的經歷而精神煥發。

因為難民的到來，維多利亞那邊的酒館生意火爆，所有的街角都擠滿了人，有的讀報，有的興奮地聊著天，有的看著那些意外到來的外地人。隨著夜色漸深，人更多了。我弟弟說，那街道就跟賽馬日的埃普松大街一樣。他跟幾個難民打探，但沒問出什麼東西來。

沒有人知道沃金發生了什麼事。只有一個人跟他打包票，沃金站已被夷為平地。

「我從拜弗利特來，」他說：「今天早上，有個人騎自行車挨家挨戶地警告我們趕緊走。然後士兵來了。我們走出屋子，看見南邊有濃煙瀰漫到天空中。只看見煙霧，沒有人從南邊逃過來。接著我們就聽見了切特西的槍炮聲，以及從韋布里奇跑來的人。所以我鎖好了家門，逃到這裡來。」

街上的民眾很不滿，認為官方沒有及時消滅這些入侵者，造成了如今的諸多不便。

八點光景，密集的炮火聲傳來，倫敦的南部聽得很清楚。由於大街上人聲鼎沸，我弟弟沒有聽見。當他穿過安靜的後街，來到河邊，才分辨出了那清晰的響聲。

下午兩點，他從西敏走到了攝政公園附近的公寓。他很擔心我。事態顯然很嚴重，他很不安。就像我週六一樣，他禁不住去想軍方的種種行動，想那些嚴陣以待、隨時打響的大炮，想鄉下忽然流離失所的民眾。他開始想像一百英尺高的「踩著高蹺的鍋爐」。

有一兩輛載著難民的馬車經過牛津街，瑪麗勒本路上也有幾輛。不過消息還沒有傳到攝政街和波特蘭區，那裡還是平常的週日晚，到處是散步的人，只有一些三三兩兩地聚在一起交談。攝政公園周邊，煤氣燈四處亮著，映照著許多「出來散步」的情侶，和往常沒有分別。那一晚很暖和，卻也殘酷——炮火聲不絕於耳，後半夜南邊的天空有成片的閃光。

他把報紙讀了一遍又一遍，生怕我已經出事。他坐立難安，吃完晚飯便又出門，漫無目的地閒晃。回到家後，他強迫自己複習備考，可是心不在功課上。他後半夜上床睡覺，週一一大早從噩夢中被吵醒，樓下響著敲門聲、跑步聲、隱約的鼓聲和哐哐的鐘聲，天花板上有紅光斑駁躍動。他以為天亮了，或是外面的世界瘋了。迷迷糊糊了一會兒，他跳下床，跑到窗邊。

他的房間在閣樓上。他把頭伸出窗外，許多人家也傳來推開提拉窗的唰唰聲。街上已經人頭攢動，亂成一團。一名警察正一邊捶門，一邊大喊：「來了！火星人來了！」

阿爾巴尼街的營房那邊傳來鼓聲和小號聲，聽力範圍內的所有教堂都響著急迫而沒有規律的鐘聲。街道裡不停有門打開的聲音。對面的幾座房子，黑色的窗戶在片刻間點起了黃色的亮光。

街角忽然一陣嘈雜，一輛車廂門緊閉的馬車飛奔而來。跑到窗下的時候，「嘚嘚」的馬蹄聲十分響亮，然後漸漸遠去。接踵而至的，是兩輛以出租馬車為首的飛馳的車隊。這些馬車大多是奔著喬克農場站去的，而不是下坡去尤斯頓站。因為西北專車在喬克農場發車。

我弟弟在窗邊茫然而吃驚地看了很久，看警察挨家挨戶地敲門，卻又聽不清他在說什麼。然後他身後的門開了，住在走廊另一頭的男子走進來，只穿著襯衫、褲子和拖鞋，背帶散在腰間，頭髮被枕頭壓亂了。

「什麼鬼東西？」他問，「著火了嗎？外面在嚷嚷什麼鬼東西！」

他們盡量將頭往窗外探，試著聽清楚警察在喊什麼。前後街的人都從家裡出來了，三三兩兩地聚在街角說話。

「什麼鬼東西？」住戶問道。

我弟弟應付了兩句，便去穿衣服。他拿起一件衣物，然後就跑回窗邊來穿，來回幾次，以防錯過外面愈發高漲的喧鬧。沒過一會兒，有人開始在街上叫賣早報，時間比平時早了許多。

「倫敦告急！京斯敦和里奇蒙防線被衝破！泰晤士河谷恐怖大屠殺！」

遠近周遭，大街小巷——從樓下的房間到街道兩邊的房子，從公園排屋的背面到瑪麗勒本，從韋斯特伯恩公園到聖潘克拉斯，從西北邊的基爾本、聖約翰伍德、漢普斯特德，到東邊的肖爾迪奇、海伯里、哈格斯頓、霍克斯頓，甚至從倫敦西部的伊靈到東部的伊斯特漢姆——已經可以嗅到恐懼的氣息。大家揉著惺忪的雙眼，推開窗戶張望，一邊問不著邊際的問題，一邊匆匆穿上衣服。一場大恐慌即將席捲而至。昨夜安然入睡、毫無察覺的倫敦城，終於在凌晨被喚醒，發現自己已身處危險的境地。

窗戶上看得不清楚，我弟弟跑下樓到街上去。天剛拂曉，矮牆間的那一角天空是粉紅色的。無論是靠雙腳還是坐車，飛一樣逃命的人越來越多。「黑煙！黑煙！」他聽見大家一遍遍地喊。沒有人不被這樣的恐懼傳染。我弟弟剛跑回門前的臺階上，看見了賣報的人，於是走上前要了一份。賣報的人賣完便繼續往前跑，一邊跑一邊賣，一份一先令，既想逃命，又不願錯失商機。

報紙上刊登了總司令關於這場災難的聲明：

火星人用火箭製造了巨量黑色有毒煙雲。我們的炮火已被悶熄，里奇蒙、京斯敦和溫布頓已淪陷。他們正緩慢地向倫敦移動，對所經之處加以大規模破壞，無法阻止。黑煙致命，唯一的辦法就是盡快撤離。

就這麼短短幾句話，足以讓六百萬人口的倫敦城驚慌沸騰。不用多久，倫敦將舉城擁向北邊。

「黑煙！」四處都在叫喊：「著火了！」

鄰近的教堂「咣咣」地敲鐘。叫聲和罵聲之中，一輛亂開的二輪馬車撞在街邊的水槽上。各家各戶的光都是病懨懨的黃色，時亮時暗。幾輛出租馬車經過，亮著刺眼的燈。天空明亮起來，愈發清澈、安穩、寧靜。

身後的屋子裡，有來回跑動和上下樓梯的腳步聲。女房東走到門邊，穿著睡袍，裹了一塊披巾，她丈夫大喊著出現在她身後。

我弟弟終於意識到了事情的嚴重性，急忙轉身跑進自己的房間，把身邊的現金（**大概十英鎊**）收進口袋，然後又跑到了大街上。

第十五章 薩里郡發生了什麼事？

牧師坐在草地邊的樹籬下跟我瘋言瘋語，我弟弟望著西敏大橋上的難民。就在那時，火星人發起了新一輪的攻擊。關於火星人的事，後來眾說紛紜，但有一點可以肯定，九點以前，大多數火星人都在沙坑裡做準備工作，並且產生了大量的綠色煙霧。

八點的時候，有三個走出了沙坑，緩慢而小心地穿過拜弗利特和皮爾福德，朝里普利和韋布里奇出發，在夕陽西下時，進入了嚴陣以待的炮火的視野。火星人沒有走在一起，而是一個跟著一個，兩兩相隔大約一英里半，互相以警笛一般的嚎叫聲交流，音調時高時低。

我們在哈利福德聽見的，就是他們的叫聲和聖喬治山上的炮火聲。里普利的炮兵沒什麼作戰經驗，完全是自願來這裡應戰。他們一陣亂射，沒什麼效果，然後便騎馬或是跑著逃了。火星人連火流都沒有用上，沒事似的輕輕走過炮陣，走到潘斯希爾公園，擊毀了那邊的大炮。這完全在人類的意料之外。

相比之下，聖喬治山的炮兵倒是訓練有素，或者說更勇敢。他們潛伏在松樹林裡，沒有被靠近的火星人發現，閱兵似的一齊舉起大炮，向一千碼外開火。

炮彈在火星人周圍炸開。他往前踉蹌了幾步，倒下了。所有人都一起大喊，飛速補上彈藥。火星人發出了一聲長長的哀號，立馬便有應和，南邊的樹林裡出現了另一個盔甲閃耀的火星人。火星人的三隻腿似乎被炮彈打中了一隻。第二波炮火向摔在地上的火星人飛去。就在這時，他的兩個同伴將火流發射器對準了炮隊。彈藥炸開了，大炮四周的松樹林轟然起火。只有一兩個已經跑到山頂上的人倖免於難。

隨後，三個火星人暫停了攻擊，好像在商量什麼。據偵察兵報告，他們在原地停留了半個小時，沒有採取任何行動。倒地的那個火星人慢慢地從罩子裡爬出來，遠遠看去是一個小小的褐色身影。他顯然在整修自己的裝備。大約九點，樹梢處又出現了他的大罩子，看來維修已告一段落。

九點剛過，另外四個火星人和這邊的三個集合了，還扛來又黑又粗的管子，每個火星人都有一根。七個火星人分頭移動，散布在聖喬治山、韋布里奇和森德、里普利的西南邊之間，兩兩隔著相同的距離，站成一條曲線。

他們開始挪動時，山谷間飛出十幾枚火箭信號彈，落在他們前方，向迪頓和伊舍發出預警。四個扛著黑管子的火星人越過河，我看見了其中兩個，他們黑色的身影映在西邊的天空下。我正和牧師向北逃出哈利福德，早已筋疲力盡，苦不堪言。他們好像正朝著一片白霧走去。白霧覆蓋著一方山野，懸在低空，高度大概是他們身高的三分之一。從我們這邊看，好像火星人駕著白雲。

看見這番景象，牧師壓著嗓子叫了一聲，拔腿就跑。但我知道在火星人面前逃跑也沒用，我調轉方向，爬過沾滿露水的蕁麻叢和竹林，躲進了路邊的一條大水溝。他回頭看見我這麼做，也跑過來，和我躲在一起。

這兩個火星人停下了腳步。近處的這個矗立著，面朝森伯里；較遠的那個面朝長庚星[1]，身影模糊，靠近斯坦斯。

1 長庚星（evening star），金星的古稱，因比太陽落得晚而得名。原文亦指日落後仍然明亮的星星。

剛才間或有嚎叫聲傳來，現在沒有了。完全靜默的火星人以半月形的陣線站在飛行器周圍，一頭一尾隔著十二英里。自從人類發明火藥以來，還沒有哪一場戰役的開場如此安靜。無論是從我們這邊還是里普利那邊看，昏暗的夜裡似乎只有火星人。點綴夜色的，只有細細的月牙、星星、餘暉，以及聖喬治山和潘斯希爾的樹林裡灼燒的目光。

正對著半月形陣線的地方——斯坦斯、豪恩斯洛、迪頓、艾舍、奧卡姆，河南岸的山間樹林後，北岸的草地盡頭，只要樹木或村舍能提供掩護的地方——大炮靜靜地候著。火箭信號彈忽然竄上去，星火散落在夜空中，消失不見。所有的大炮便抬起頭，隨時準備發射。只要火星人踏進火線半步，那些一動不動的黑色人影、那些在淡淡夜色中閃著微光的大炮，就會迸發出雷鳴般的怒火，投入戰鬥。

那上千名戒備的人，心中一定和我有著同樣的疑惑：火星人有多瞭解我們？他們是否明白了人類的百萬個體能有組織、有紀律地合作？或者在他們眼裡，我們開火、發射炮彈、對他們大本營步步緊逼的封鎖，只不過是受驚擾的蜂群憤而反抗？他們有沒有想過將我們趕盡殺絕（那時還沒有人知道他們需要什麼食物做補給）？我看著那個放哨的巨大身影，滿腦子都在糾結這樣的問題。我想，這裡和倫敦之間，一定埋伏著強大的兵力。他們挖了陷阱了嗎？豪恩斯洛的軍火廠布陣了嗎？倫敦人有勇氣和決心保衛家園嗎？

我們躲在樹籬下面窺視。極為漫長的寂靜過後，遠處傳來一聲炮火的震響。然後近處響了一聲，接著又一聲。離我們最近的火星人像舉起炮筒一樣，將黑管子高舉到空中開火。炮聲震得大地在顫動。靠近斯坦斯的火星人隨即應和。沒有火光，沒有硝煙，只有彈藥的爆炸聲。

密集的炮火聲令我興奮。我甚至忘了自己的安危和燙傷的雙手，爬上樹籬去看森伯里。正當我爬上去時，傳來第二聲炮響。一枚巨大的導彈從頭頂飛過，衝向豪恩斯洛。我想至少會看見一些煙或火，或是其他炮彈爆炸的跡象，實際上除了深藍色的天空、孤零零的幾顆星，以及在低空蔓延開的白霧，什麼也沒有。沒有交火，沒有爆炸。周遭又陷入了寂靜，一分鐘過得彷彿有三分鐘那麼長。

「發生什麼了？」牧師站起身問我。

「天曉得！」我說。

一隻蝙蝠在身旁撲騰了一下，飛走了。遙遠的呼喊聲響起又停下。我再次看向火星人，他正沿著河岸向東邊移動，身體高低搖晃，速度很快。

我期待著埋伏的炮火飛向他，但寧靜的夜沒有一絲動靜。火星人越來越遠，身影越來越小，最終消失在迷霧和夜色中。我們兩個什麼也沒多想，又爬高了一點。森伯里一片昏暗，一座好像是忽然出現在那裡的圓錐形小山，擋住我們眺望遠處山村的視線。在河的對岸，沃爾頓那邊，我們看見了類似的山頭。肉眼可見地，這些山形的東西開始塌縮，向外擴散。

我忽然下意識地往北看，有三分之一的錐形黑雲又高了起來。

然後一切都突然靜止了。在一片靜默中，我們聽見火星人在互相嚎叫，遠處響起他們的炮聲，空氣震了一下。人類的炮火依舊紋風不動。

那些暮光中的不祥錐形究竟是什麼，我當時並不知道，後來才明白。站成半月形的火星人高舉著黑管，將炮彈投向山坡、叢林、房屋等任何可以隱藏大炮的地方，不分遠近。有的發射了一彈，有的就像前面提到過的兩彈。靠近里普利的那個據說發射了至少五彈。炮彈打向地面，沒有爆炸，只是自動噴出巨量的濃重黑煙，盤旋著灌向空中，積聚成大朵的黑雲。氣態的小山往地面沉，慢慢向四周的村莊彌漫。只要一接觸，或吸入一口刺激性的蒸氣，沒有生物可以活下來。

那蒸氣比平常的濃煙更厚，因此猛地噴向高處、漫溢成雲之後，像液體一樣沉向地面，然後離開山坡，流進山谷、水溝、河道，彷彿是曾經聽說的火山口噴湧而出的碳酸氣。蒸氣碰到水便產生了化學反應。一層浮沫出現在水面上，接著慢慢下沉，讓水面繼續產生更多浮沫。浮沫不溶於水，而且奇怪的是，即便蒸氣見血封喉，喝了濾去浮沫的水卻對身體不會有任何傷害。蒸氣並不會像真正的氣體那樣消散，而是懸在河岸之間，徐徐淌下斜坡，或是被風揚起，最後極其緩慢地和溼潤的水汽結合，像塵埃一樣落到地面。蒸氣究竟是什麼物質，我們如今依然不得而知，只知道其中包含一種未知元素，能在光譜中產生四條藍色譜線。

黑煙升騰後，即使還沒下沉，離地面還是很近。從科漢姆街上和迪頓的倖存者的經驗來看，到距地面五十英尺的地方，比如屋頂、高層、大樹上，就有逃脫毒氣的可能。

科漢姆的倖存者對繚繞在空中的蒸氣，有很奇特的描述：他從教堂的尖塔往下看，村莊的屋頂彷彿飄浮在一片黑色的虛空之中。他在尖塔上躲了一天半，又累又餓，被太陽曬傷。藍天下的大地彷彿鋪上了一層黑絲絨，綿延至遠山，點綴著紅瓦綠樹，以及後來才顯現的灌木、大門、穀倉、茅廁、牆垣，高低起伏，一同迎著陽光。

這只是科漢姆街上的景象。黑霧始終留在那裡，直到最後沉向地面。除此之外的其他地方，在黑霧完成了使命後，火星人便蹚進去，噴灑一股股水汽，將黑霧清理乾淨。

我們逃到了哈利福德高處一座沒人的房子裡。火星人在清理河兩岸的黑霧時，我們躲在房子裡朝窗外看。我們還看見里奇蒙和京斯敦的山坡上有探照燈來回遊走，聽見大型攻城炮裝彈就位的聲音。聲音斷斷續續，持續了大概十五分鐘。大炮對著漢普頓和迪頓，碰運氣似的打擊不見蹤影的火星人。接著慘澹的燈光消失了，被明亮的紅光取代。

一顆綠色的流星劃過，落在了布希那邊，極為壯觀。我後來才知道，那是第四具飛行器。在里奇蒙和京斯敦開火前，西南邊傳來斷斷續續的炮火聲。我想那大概是炮手在黑霧中倒下之前的胡亂射擊。

就這樣，火星人像拿煙熏黃蜂巢一般，將令人窒息的黑色怪煙噴在了倫敦的郊野。相隔最遠的火星人繼續朝兩邊走，站成一條線，從漢韋爾一直到庫姆、莫爾登。一整晚，他們一邊前進，一邊噴著致命的黑霧。在聖喬治山被擊中之後，火星人再也沒有給炮兵一絲機會。只要走到有可能藏著大炮的地方，他們便噴出新的黑霧，若是看見了大炮，他們便用火流摧毀。

到了半夜，里奇蒙公園坡上熊熊燃燒的樹木，以及京斯敦山上的火焰，將亮光映在彌漫整個泰晤士河谷的黑霧上。目光所及，都是蒙著亮光的黑。火星人慢慢潛入其中，嘶嘶地噴著水汽，驅散黑霧。

那晚火流出現得很少。要嘛是因為製造火流的原料有限，要嘛是因為他們並不想摧毀這些村子，只想嚇一嚇居民。如果是後一個原因，他們顯然成功了。週日晚的情形意謂著人類無法有組織地抵禦火星人。從那以後，再也沒有人敢與火星人正面交鋒，畢竟毫無勝算。甚至已經載著速射炮開到了泰晤士河上游的魚雷艇和驅逐艦也拒絕停靠，船員嘩變，重新將艦艇開回下游。之後人類唯一執行的攻擊性措施，只有準備地雷和陷阱，並且士氣一度崩潰。

你可以想像，也一定要想到，屏氣凝神地埋伏在艾舍那邊的炮兵是怎樣的下場。無人生還。你可以想像那井然有序的陣型，時刻警覺的長官，各就各位的炮兵，備在手邊的彈藥，負責駕牽引馬車的士兵，幾個被允許圍觀、盡量靠前站的平民，寂靜的夜色，裝著在韋布里奇燒傷的人的救護車和醫用帳篷。接著，火星人開火，沉悶的回聲，笨重的導彈飛向樹林房屋，毀壞四周的田野。

你也可以想像，頃刻間，大家的視線從火星人身上轉移到了黑霧。盤旋而上、不斷膨脹的黑霧迅速擴散，往天空升騰，將暮光變成可以觸摸的黑，怪異而恐怖的蒸氣飛向受害者。人和馬頭暈目眩，四處逃竄，尖叫著栽倒在地，絕望地哭喊。片刻間，已無人顧及大炮，所有人都呼吸困難，在地上扭動。不透光的黑煙形成的圓錐越來越大。最後，黑夜降臨，全軍覆沒。無聲無息、不可穿透的黑霧籠罩了一切，連死者也看不見了。

破曉前，黑霧已灌入里奇蒙的街道。地方政府早已分崩離析，僅存的官員拚盡最後一點力氣向倫敦發去警告，叫他們趕緊逃命。

第十六章 逃離倫敦

前文已說過，週一天將拂曉時，震天的呼喊和恐懼的浪潮已席捲整座倫敦城。逃難的人潮很快便彙聚成河。火車站附近人潮湧動，喊聲喧天。泰晤士河邊堵得水洩不通，所有人都往船上擠。大家想盡一切辦法往北往東逃。十點，警察已維持不了秩序。到了中午，火車站也已陷入徹底的混亂。兩大部門失常、停擺，官員動搖、害怕，最終加入逃亡大軍，成了奔流成河的社會機體的一滴。

泰晤士河北部各站、坎農街東南鐵路公司的人在週日午夜前接到預警，火車乘客激增。凌晨兩點就有人為了車廂裡的一個站位大打出手。三點，主教門大街站就已人多到踩踏推搡，那裡距離利物浦街站少說有兩百碼。有人開左輪手槍，有人被刀子捅傷。被派去疏導人潮的警察筋疲力盡，火冒三丈，將他們本該保護的人群打得頭破血流。

後來，司機和司爐不願意再回倫敦了，不斷擴張的群眾為了盡早逃命，只好離開車站往北跑。中午，有人在巴恩斯見到了一個火星人。逐漸下沉的黑色煙雲沿泰晤士河過來，穿過蘭貝斯的低地，緩慢地移動，阻斷了沿途所有需要過橋的路線。另一團黑雲越過伊靈，圍住了城堡山。城堡山上有一小群倖存者，但已成孤島，逃不出來。

我弟弟在喬克農場站掙扎了很久，沒能擠上火車。在那裡的貨場上，火車像犁一樣往人群外衝。十幾個身強力壯的男子和人群搏鬥，才制止了他們將司機往鍋爐上扯。我弟弟走到喬克農場路上，穿過匆忙來往的車流，來到了一家自行車店。萬幸，這家店才剛剛開始遭人洗劫。他打碎櫥窗玻璃，拽了一輛車出來，車的前胎被碎玻璃刺破了。但他顧不了那麼多了，趕緊騎上車就逃，除了手腕被割傷以外沒什麼大礙。哈佛斯托克山的山腳很陡，路上橫著幾匹馬，過不去，我弟弟便走了貝爾塞斯路。

他平復了心中的怨憤和恐慌，沿著艾奇韋爾路的外沿騎。七點左右，終於到了艾奇韋爾，雖然又累又餓，但總算趕在了人潮的前面。車道上不時有人出現，一臉驚異，不知道發生了什麼。有不少騎車的超過了他，還有幾個騎馬的和兩個開車的。距離艾奇韋爾一英里的時候，車子的鋼圈壞了，沒法再騎。他把車丟在路邊，拖著疲憊的步伐在山村裡走。幾家店半開著門，人行道上很擁擠。有的人站在門口，有的站在窗戶後面，吃驚地盯著蜂擁而來的逃難人潮。我弟弟在一家旅館找到了一點吃的。

他在艾奇韋爾待了一會兒，不知道該往哪裡去。逃到這裡的人越來越多，大多數都跟他一樣，停留在了艾奇韋爾。沒有關於來自火星的侵略者的新消息。

那時路上很擠，不過還沒到水洩不通的地步。一開始逃難的人都騎自行車，後來陸續有汽車、雙輪馬車、四輪馬車急匆匆地跑過，揚起陣陣塵土，朝聖奧爾本斯趕去。

或許是想起有朋友住在切爾姆斯福德，我弟弟走進一條往東去的小路，走了一會兒，越過幾級臺階，沿著小徑朝東北走。路上有幾座農舍和幾個不知道名字的小處所，但沒有逃難的人，直到拐進一條通往高巴尼特的草叢中的小路，才偶遇了兩個女人，成了旅伴。他們的偶遇，其實是一段路見不平的故事。

他走著走著，聽見有人尖叫，急忙拐過彎，看見兩個男人正把兩個女人拉下小馬車，還有一個男人正按住受驚嚇的小馬駒。個子不高、穿白色衣服的女人在哭喊，深色皮膚、身形瘦高的那個在用鞭子打著抓住她另一隻手臂的男人。

我弟弟一下子明白了，一邊大吼一邊跑過去。其中一個男人停下來看他。從男人的表情來看，一場打鬥是逃不掉了。我弟弟在拳擊上訓練有素，毫不猶豫地衝向他，將他撞倒在馬車輪上。

這不是講拳擊禮儀的時候。我弟弟補上一腳，男人便起不來了。他抓住那個拉著女人手臂的男人的衣領，卻聽見一陣馬蹄聲，然後鞭子抽在了他臉上，按著馬駒的男人打中了他的眉心。被他抓住衣領的男人順勢掙脫，往我弟弟來的方向跑。

我弟弟愣了片刻，才意識到眼前站著那個按著馬駒的人。馬車往前跑去，左右搖晃，車裡的女人回過頭看。他面前高大魁梧的男人想速戰速決，沒想到被我弟弟一拳打在臉上。我弟弟看馬車跑了，於是繞開對手，去追馬車。魁梧的男人緊隨其後。那個往反方向跑的男人也掉轉頭，遠遠地跟著。

我弟弟忽然絆了一跤，在後面追的男人便徑直趕上。等他站起來，面前已有兩個對手。要不是瘦高的女人很快剎住了車跑回來支援，他肯定要挨打了。她竟然配著一把左輪手槍。槍一直藏在馬車座位底下，沒來得及拿出來，她便和同伴一起被男人抓住了。她在離我弟弟六碼的地方開了一槍，子彈與他擦肩而過。膽小的劫匪倉皇而逃，同伴只能一邊跟上，一邊罵他是懦夫。他們跑到了小路盡頭，第三個人躺在那兒，昏迷不醒。

「拿著！」女人把手槍遞給我弟弟。

「回到馬車裡去。」我弟弟說，擦了擦裂開的嘴唇上的血。

她沒說話，轉過身和他一起跑。兩個人都喘著氣，跑到了馬車那裡。白衣女子正努力勒住受驚的馬駒。

劫匪顯然吃到了苦頭。再回頭看時，他們已往遠處逃了。

「我坐這裡吧，」我弟弟說：「可以嗎？」他跳上了沒人坐的前座。女人把頭轉回來。

「把韁繩給我。」她說，然後用馬鞭打了一下馬駒的側身。片刻之後，當馬車拐過一個彎，他們便看不見劫匪了。

他怎麼也沒料到，自己居然坐在了馬車裡，氣喘吁吁，嘴唇受傷，下巴瘀青，指節滿是血汙，和兩個女人一起，行駛在無名小路上。

原來，她們是一個外科醫生的妻子和妹妹，住在斯坦莫爾。醫生凌晨去平納看急診，回家路上經過一個火車站，聽說了火星人進攻的事情。他急忙趕到家，叫醒了妻子和妹妹。傭人兩天前離開了，於是他打包了一些吃穿用品，將手槍藏在了馬車座下——結果救了我弟弟，醫生叫她們駕車去艾奇韋爾搭火車，自己先去通知鄰里，他說他四點半光景能追上她們。但現在已將近九點，他沒有出現。艾奇韋爾難民太多，於是她們沒有停留，來到了那條小路上。

這段故事，是在路上聽她們說的。到了離新巴尼特還有一點路的地方，他們停了下來。他答應跟她們一起走，至少在她們有下一步打算或醫生趕到之前。他不會用左輪手槍，但還是說自己槍法很好，好讓她們放心。

他們在路邊「安營」，馬駒在樹籬裡很開心。他跟她們說了自己如何逃出倫敦、他所知的火星人的一切，以及火星人的進攻路線。就這樣聊了一會兒，談話便終止了。太陽悄悄爬到了高處。他們開始等人。有人走過時，我弟弟便跟他們打聽。零散的回答拼湊起來，使他確信人類面臨著一場大災難，逃命刻不容緩。他決定去說服兩位女士趕緊出發。

「我們有錢。」瘦高的女子說，語氣有些遲疑。

她看向我弟弟的眼睛，才說出了她們的想法。

「我也有。」我弟弟說。

她說，她們有三十英鎊左右的金幣、一張五英鎊的紙幣。這些錢夠在聖奧爾本斯或新巴尼特買火車票了。我弟弟見過倫敦火車站的人海，所以覺得火車已沒有指望。他提議穿過埃塞克斯去哈里奇，從哈里奇港離開英國。

埃爾芬斯通小姐，就是那個白衣女子，完全聽不進我弟弟的話，一直在說著什麼「喬治」。但她的嫂子出奇地冷靜，深思熟慮之後同意了我弟弟的計畫。他們繼續上路，打算經過新巴尼特往北幹線去。我弟弟牽著馬，好讓馬省些力氣。

太陽升得更高了，天氣變得極其炎熱。腳下厚厚的白沙又燙又刺眼。樹籬灰突突的，沾滿了塵土。他們往新巴尼特走的時候，低沉的嗡嗡聲不斷傳來，並且越來越響。

迎面走來的人越來越多，大多數都朝他們看，嘀咕一些聽不清楚的問題，看起來疲倦、憔悴、灰頭土臉。一個穿著晚禮服的男人走過，眼睛看著地面。他們聽見他說話，便轉過頭去看，看見他一隻手緊緊抓住頭髮，另一隻好像在捶打看不見的東西。等他的氣消了，又繼續往前走去，沒有再回頭。

一行三人穿過交叉路口，往新巴尼特的南邊去。他們往左看，發現有一個女人正穿過田野，往小路這邊過來，她抱著一個孩子，身邊還帶著兩個。一個男人經過他們身邊，全身髒兮兮的，一手握著一根粗棍子，一手提著小旅行箱。小路轉過彎就是和大馬路的交叉口，兩幢別墅夾道。從那裡跑來一輛小馬車，黑色的小馬駒跑得氣喘吁吁，駕車的是一個臉色蠟黃的年輕人，戴著圓頂禮帽，全身是灰。馬車裡擠著三個在東區的工廠上班的年輕女子和兩個小孩。

「艾奇韋爾往這邊走嗎？」駕車的人問，睜大了眼睛，面無血色。我弟弟剛說完要往左轉，他便揚起鞭子，一句謝謝也沒有說。

我弟弟注意到，前面的房子裡冒起一陣灰色的煙霧。路另一邊，別墅後面的白色排屋剛才還能看見，現在已經被遮住了。埃爾芬斯通小姐忽然大叫了一聲，屋頂上躥起了好多火舌，通紅的火焰直沖灼熱的藍天。嗡嗡聲融入了輪子的刮擦聲、馬車的嘎吱聲、此起彼伏的馬蹄聲，嘈雜交錯。小路的急轉彎離大路的交叉口不到五十碼。

「老天！」埃爾芬斯通小姐喊道：「你要把車開到什麼地方去？」

我弟弟停下了車。

大路上人潮擁擠，摩肩接踵，都是往北逃的。塵土在半空中飛揚，在陽光的照耀下反射著白光。二十英尺以下，一切都敷上了一層灰，難以看清。慌亂擁擠的腳步、馬蹄，大小馬車的輪子，不斷揚起更多灰塵。

「路！」我弟弟聽見有人喊：「讓路！」

往交叉處跑就像是衝進濃煙。喧鬧的人群是一團火，塵土炙熱而辛辣。離大路不遠的地方，果然有一幢別墅在燃燒，給馬路送去滾滾黑煙，四周愈發混亂。

兩個男人經過他們身旁。接著是一個蓬頭垢面的女人，提著一個大包裹，邊走邊哭。一隻走丟的拉布拉多犬吐著舌頭，恍惚地繞了他們一圈。牠受了不小的驚嚇，可憐兮兮的。我弟弟唬了一聲，牠便唰地逃走了。

右手邊通往倫敦的路上，目光所及只有又鬧又髒、急著往前擠的人群，他們像是被塞進了夾道的別墅之間。黑色的腦袋擠在一起，只有在衝到轉彎處時才能一個個分辨出來，等一繞過彎，便又一邊遠去，一邊變得難以看清，最後被小路上的塵埃吞沒。

「走啊！往前走啊！」大家喊著：「讓路！讓路！」

每個人的手都推著前面人的背。我弟弟站在馬駒前，身不由己地往前移，一步一步，慢慢地在小路上走。

艾奇韋爾很亂，喬克農場也吵得一團糟，但這裡是整批移動的人群，沒有什麼特別之處，只有難以想像的規模。難民擠過轉彎處，背影擁入小路上的人群。靠邊的是走路的人，怕被輪子軋到腳，在水溝裡東倒西歪，互相撞在一起。

大大小小的馬車擠得很緊。更小的車輛被擋住了路，一見到縫隙便橫衝直撞，行人只好避開，靠在樹籬和別墅的大門上。

「往前！」群眾繼續喊：「往前！他們來了！」

一輛小馬車裡站著一個穿救世軍軍服的盲人，一邊彎著手指打手勢，一邊大叫：「永世！永世！」他叫得聲嘶力竭，甚至他消失在塵埃中之後，我弟弟還是能聽見他的呼號。有的人擠在馬車裡，依然不動腦子地鞭打著馬，還和其他馬車夫吵架；有的一動不動地坐著，眼神淒慘空洞；有的口渴得不行，只能咬著自己的手，或乾脆躺在車子上。馬的轡頭上都是唾沫，眼睛充血。

出租馬車、四輪馬車、運貨的汽車馬車，不計其數。還有一輛郵車，一輛「聖潘克拉斯教區」字樣的掃地人用的推車，一輛擠著許多大漢的運木材的大型馬車。一個釀酒工的平板馬車隆隆地經過，兩個相近的車輪上沾滿了沒乾的血。

「讓開！」有人喊：「讓開！」

「永世！永世！」路的盡頭傳來應和。

有幾個女人拖著沉重的腳步走過，衣著講究，面容悲戚枯槁，拉著跟蹌哭喊的孩子。她們精緻的衣裳沾滿了塵土，憔悴的臉上全是淚痕。她們大多跟著男人，有的男人會幫個忙，有的就臉色陰沉，脾氣粗暴。和這些人推擠在一起的，是街頭的流浪漢。他們穿著褪色的黑色破衣衫，瞪著雙眼，扯著嗓門，滿嘴髒話。結實的工人使勁往前擠，被他們推開的人穿得像坐辦公桌的或是店鋪夥計，只是衣著已凌亂不堪，面色悲慘，偶爾才掙扎一下。除了這些，我弟弟還看見一個受傷的士兵，一些穿著鐵路搬運工衣服的人，一個表情愁苦、把外套披在睡衣外的人。

這一路的人儘管形形色色，卻也有相同之處。他們的臉上無不寫滿恐懼和痛苦，內心驚惶不已。有人為了爭一個馬車的座位大聲吵了起來，整個人群趁勢加快腳步，甚至有一個本已驚恐絕望到跪在地上的人也瞬間恢復了活力。熱浪和塵土折磨著每一個人。大家皮膚乾燥，嘴唇發黑皴裂，又渴又累，腳酸得不行。各種哭喊交錯，有爭吵，有責罵，有疲憊的呻吟，大多沙啞虛弱，其中有一句不絕於耳：

「讓路！讓路！火星人來了！」

幾乎沒有人停下腳步，脫離人潮。小路拐向大路的口子很窄，有一種人潮正從倫敦

過來的錯覺。路口彷彿是人流的漩渦，弱者被人用肘擠出來，只能在周邊歇一會兒，又重新縱身躍入。小路前面有一個人躺在地上，光著腿，全身裹著滲透了鮮血的布條，兩個朋友跪在他身旁。這種時候有朋友，是他莫大的幸運。

一個留著軍人鬍子的小個子老人，穿著骯髒的長禮服，一瘸一拐地走出人堆，坐在一邊，脫下一隻靴子，抖出一顆石子，又繼續跛著往前走去。他的襪子沾著血汙。一個沒人跟著的八九歲的小女孩，坐到樹籬下哭，離我弟弟很近。

「我走不動了！我走不動了！」

我弟弟從驚嚇導致的遲鈍中醒過來，一邊輕聲安慰，一邊扶她起來，想把她抱去埃爾芬斯通小姐身旁。我弟弟一碰她，她便僵住了，似乎很害怕。

「艾倫！」人群中傳來一個女人帶著哭腔的尖叫，「艾倫！」小女孩一聽見，便猛地掙開我弟弟跑過去了，喊著「媽媽」。

「他們來了。」一個騎在馬背上的男人說。

「讓路！」我弟弟聞聲望去，看見一輛關著門的馬車拐進了小路，叫喊的車夫坐得很高。

大家紛紛往後面退，避開奔跑的馬。我弟弟讓馬駒和車靠到樹籬裡。車夫駕車跑過，停在了轉彎處。那是輛四輪馬車，杆子可以套兩匹馬，現在只有一匹馬拉著車。在飛揚的塵埃中，我弟弟隱約地看見兩個人用白色的擔架把什麼東西抬了出來，小心地放到女貞樹下的草地上。

其中一個朝他跑來。

「哪裡有水？」他問：「那個人快不行了，想喝水。那是加里克勛爵。」

「加里克勛爵？」我弟弟說：「那個大法官？」

「有水嗎？」他說。

「那些屋子裡可能有水龍頭，」我弟弟說：「我們沒有水。我有一起走的人，不能離開。」

那男人便逆著人潮，往轉彎處的房子擠。

「往前走啊！」人家推著他，「他們來了！往前走啊！」

然後我弟弟注意到一個留著鬍鬚、長著鷹鉤鼻的男人，他吃力地提著手提包。我弟弟瞥見包敞開著。結果，包忽然掉到了地上，原本捆在一起的金幣散開來，滾到紛亂的人腳和馬蹄間。男人停下了，呆呆地望著地上那堆金幣。一輛馬車套馬的皮帶撞在他的肩膀上，他一個踉蹌，尖叫著往後躲，車輪與他擦肩而過。

「讓路！」他身邊的人都在喊：「讓路！」

馬車一過去，他便猛地起身，去撿地上的金幣，一把把地抓起來塞進口袋。一匹馬向他跑來。他半起身，馬蹄出現在他的頭頂。

「停下！」我弟弟喊了一聲，推開一個女人，想要拉住轡頭。

沒等他抓到，車輪下便傳來一聲慘叫。透過飛塵，他看見車輪碾過了那個可憐男人的背。我弟弟是從馬車後面繞過去的，馬鞭正好抽在他身上。各種尖叫充斥著他的耳朵。男人在塵埃裡扭動著身子，身旁是散落的金幣。車輪壓傷了他的背，他站不起來，下肢癱在那兒，不能動彈。我弟弟站起來，朝後面跑來的下一輛馬車喊停。一個騎黑馬的人過來幫忙。

「把他弄到路邊去。」他說。我弟弟一手抓住男人的衣領，把他往路邊拖。但他還是緊緊抓著金幣，惡狠狠地盯著我弟弟，用握著滿滿一把金幣的手捶我弟弟的手臂。

「往前走！往前走呀！」後面的人生氣地喊道：「讓路！讓路！」

一輛四輪馬車的橫杆絞進了騎馬男子停下來的二輪馬車，兩輛車撞在了一起。我弟弟抬起頭看。抓著金幣的男人扭過頭，咬了一口抓著他衣領的手腕。隨著一陣動盪，黑馬往旁邊一個踉蹌，撞上了二輪馬車的馬。馬蹄幾乎是擦著我弟弟的臉飛過。他放開拉著男人的手，往後一跳。男人的神情從憤怒變成了驚恐，沒一會兒便被塵埃和人潮淹沒了。我弟弟被往後擠，擠過了小路的路口，費了好大的力氣才回到馬車旁。

他看見埃爾芬斯通小姐捂著眼睛。一個小孩睜大雙眼，盯著車輪下面。那裡有一團沾滿了灰的東西，黑漆漆的，被車輪壓扁，已經不會動了。小孩不知道那是什麼，只知道盯著看。「我們往回走吧！」我弟弟喊道，開始給馬駒調頭。「我們過不去的，這鬼地方。」他說。他們退了一百碼，爭先恐後的人群就被塵埃遮住了。當他們退回轉彎處，我弟弟看見了女貞樹下水溝裡那個快死的人，臉色慘白，汗珠閃著光。馬車裡的兩個女人沒有說話，蜷縮在座位裡發抖。

轉過彎後，我弟弟停下了。埃爾芬斯通小姐臉色煞白，她的嫂子坐在那裡哭，連叫「喬治」的力氣都沒有了。我弟弟害怕極了，又不知道該怎麼辦。他們一後撤，他才意識到，前面那個關卡必須要過，而且要趕快過。他看向埃爾芬斯通小姐，用堅決的語氣說：

「除了往前走，我們沒有其他路了。」他說完，便又將馬駒調轉了方向。

第二次過路口的時候，這個女孩倒是出了不小的力。為了給車子開條路，我弟弟衝進人群，按住一輛出租馬車的馬，她把車子從上面擠了過去。一輛貨運馬車卡住了他們的輪子，給車子扯下了很長一塊木頭。接著，他們便動不了了，被人潮裹挾著向前。我弟弟的臉上和手上都是馬鞭子留下的紅印子。他爬進馬車，接過了韁繩。

「拿槍指著後面的人，」他把槍遞給埃爾芬斯通小姐，「如果他擠得太厲害。不，指著他的馬！」

他伺機往路對面的右邊衝。但他在人潮中失去了重心，成了塵埃中任由人潮擺布的一員。人群橫穿奇平巴尼特。他們掙扎著想去路對面的時候，離開小鎮的中心已近一英里。到處是喧嚣嘈雜，難以言喻的混亂。好在小鎮及周圍道路分叉較多，算是分散了一點人潮。

他們往東去，取道哈德利。那裡的路兩邊，和後來經過的一個地方，許多人趴在小溪邊喝水，有些人還為了擠到水邊打了起來。再往前到了東巴尼特，周圍稍稍安靜了一些。他們看見北幹線上，兩輛火車一前一後慢慢地往北跑，沒有信號，沒人調度。火車裡擠滿了人，甚至鍋爐後的煤堆裡也有人。我弟弟想，這些火車應該在倫敦外就爆滿了，畢竟中央車站已經因為驚慌而激動的人群癱瘓了。

他們在附近停下，休息了一下午。大半天的趕路已將他們折騰得筋疲力盡。飢餓開始折磨他們。夜裡很冷，他們又不敢睡。晚上有許多人匆匆路過，想逃離那未知的危險，往我弟弟來的方向奔去。

第十七章 「雷之子號」

如果火星人的目標是毀滅人類，或許早在週一，在大家慢慢逃往周邊各郡時，他們就會將人類趕盡殺絕。無論是穿過巴尼特，還是途經艾奇韋爾、沃爾特姆修道院，以及往東去紹森德、舒伯里內斯，南下泰晤士河去迪爾、布羅德斯泰斯，各條路上，瘋狂潰逃的人群傾瀉四散。如果有人在那個六月的早晨，乘坐熱氣球飄上倫敦上空耀眼的藍天，一定能看到每一條從縱橫交錯的街道迷宮往東、往北延伸的路上，布滿了黑點，匯成逃難的人潮。每一個黑點都在被恐懼和疲累折磨著。有的讀者可能無法對這蜂擁的黑潮感同身受，所以我在上一章講述了我弟弟穿越奇平巴尼特的見聞。

人類在歷史上從未有如此大規模地在大難臨頭時一起遷徙。即使是傳奇般的哥德人和匈人的大移民，亞洲規模最大的兩支大軍，與如今的大逃亡相比，也不過是大河裡的一滴水。並且，大逃亡不是紀律嚴明的行軍，而是可怕的大範圍的踩踏擁擠——沒有秩序、沒有目的地，只有六百萬手無寸鐵、供給不足的平民百姓，一窩蜂地向前衝。這是文明崩塌的序幕，是人類滅亡的前奏。

俯瞰倫敦，乘熱氣球的人能看見街道的脈絡無盡延伸，看見廢棄的房子、教堂、廣場、月牙形的排屋，像巨型的地圖一般舒展開。地圖的南部布滿了黑點。伊靈、里奇蒙、溫布頓一帶，彷彿是巨人用筆在圖上灑下了墨水。慢慢地，每一個黑點都在擴張，往四面八方侵蝕，遇高地就停下，見低谷便猛灌，和墨汁倒在吸墨紙上一模一樣。

在泰晤士河流域的南部，青山的另一頭，閃光的火星人來來回回地走，有條不紊地在鄉間各處散播毒煙，在毒煙完成使命後拿水汽清洗，讓毒煙落地，然後占領那一方土地。他們似乎並不想毀滅敵人，沒有要創造末日的意思。他們炸毀每一個彈藥庫，切斷每一條電報線，到處破壞鐵路，只是想讓人類無力反抗。他們也不想擴張戰場，一整天只在倫敦城附近活動。週一早上，許多倫敦人都被困在家裡，一定有不少是因為黑煙窒息而死。

到了中午，泰晤士河從倫敦橋到萊姆豪斯的那一段已是一番驚人的景象。蒸氣船等各種船隻停在那裡，難民願意出天價登船。據說，許多人跳進水裡想往船上爬，結果被撐篙打下來，淹死在河裡。大約一點，黑衣修士橋的橋洞間出現了少許黑色的煙霧，像是飄到這裡的一些殘餘。碼頭周圍頓時瘋了，打架、擠軋，亂成一片。很多小船和貨船擠在塔橋近北岸的橋洞下，水手、駁船夫和從岸邊過來的人群打得很凶，不讓他們上來。這些人從橋上往下爬到碼頭上，朝船上衝。

一個小時之後，時鐘塔那裡出現了一個火星人。他蹚水往下游走，一直到萊姆豪斯，所經之處只漂浮著船的殘骸。

第五具飛行器我稍後細說。第六具飛行器落在了溫布頓。我弟弟和那對女子把馬車停在草場上，他們在馬車裡休息。他守夜時，看見一道綠光從山巒的另一邊劃過。週二，依舊計畫走海路出逃的三個人穿過鬧哄哄的村莊，往科爾賈斯特走。火星人占領倫敦各地的消息已經證實。新聞說，有人在海格特目擊了火星人，有人則在尼斯登看到。但週二的一整個日夜，我弟弟都沒有見過他們。

同樣在週二，各處逃難的人開始意識到物資的重要。肚子一餓，就顧不上什麼財產了。農民得提著打架的工具，出門保衛他們的牛棚、糧倉和即將成熟的薯類作物。從倫敦逃出來的人，為了找吃的，有的開始往東走，包括我弟弟；有的甚至準備鋌而走險回倫敦。這部分人大多來自偏北的地區，只是聽說了黑煙，並未親眼見過。我弟弟聽說，大約一半的政府人員集中在伯明罕，正在準備大量的烈性炸藥，給中部地區埋下地雷。

還有人跟他說，中部鐵路公司已經從第一天的恐慌裡緩過來，恢復了從聖奧爾本斯向北開的火車，以減輕中心地區的擁堵。奇平昂加貼出公告，對倫敦北部的城鎮供應麵粉，二十四小時內會給斷糧的人送去麵包。不過，諸如此類的消息並沒有讓他對逃跑的計畫產生動搖。三個人往東趕了一整天，沒有半點發放麵包的動靜。也再沒有人聽說過發糧的消息。那一晚，第七具飛行器落在了普里姆羅斯山上。落下的時候，正輪到埃爾芬斯通小姐值夜。她和我弟弟輪流當班。她看見了。

他們在週二晚穿過一片沒成熟的麥田，在週三到了切姆斯福德。當地居民成立的「公共物資委員會」扣下了他們的馬駒，卻沒給他們任何作為交換的東西，只是承諾第二天會給。到處是傳言，說埃平出現了火星人；也有新聞說，沃爾特姆修道院火藥廠想炸死一個侵略者，結果失敗，慘遭摧毀。

大家在教堂的塔樓上監視，以防火星人出現。我弟弟實在幸運。他沒有停下來等發糧，而是決定繼續往海岸走，儘管他們三人已經餓得不行。沒過正午，他們便到了蒂靈厄姆。那裡倒是出奇地安靜、荒涼，只看見幾個鬼鬼祟祟偷搶食物的人。在蒂靈厄姆，他們終於見到了海。那裡的港口擠滿了無數大大小小的船隻，令人歎為觀止。

水手已經不能把船往泰晤士河上游開，於是沿著埃塞克斯的海岸線，去哈里奇、沃爾頓、克拉克頓，然後去福尼斯、舒伯里救人。船隻排列成鐮刀的形狀，一直延伸到納茲方向的霧裡。近岸停著來自各地的小漁船，英格蘭、蘇格蘭、法國、荷蘭和瑞典的都有，還有泰晤士河來的汽艇、遊艇、電動船。離岸遠些的是大噸位的船，漆黑的運煤船、整齊的商船、運牲口的船、客船、運油船、沒有固定航線的海洋貨船，甚至還有老舊的白船，以及從南漢普敦和漢堡來的灰白色的郵輪。我弟弟還依稀看見，在黑水河對岸藍色的河岸邊，有許多船在跟河灘上的人講價。像那樣靠岸的船一直往黑水河上游都有，幾乎快排到莫爾登。

大約兩英里外，停著一艘裝甲艦，吃水很深，望去好像是進水下沉一樣。那是撞擊艦「雷之子號」。那是視野範圍內唯一的一艘軍艦。右前方平靜或者說被死寂籠罩的海面上，能看見透迤升起的黑煙，那裡是海峽艦隊。那裡有多艘軍艦一字排開，正發動待命，守衛泰晤士河口，準備攔截火星人。警戒森嚴，卻是螳臂當車。

一見到海，埃爾芬斯通小姐就慌了，她嫂子倒是鬆了一口氣。她從未離開過英國，說寧願死也不要流落到無親無故的異鄉。她覺得，法國人跟火星人差不多。在海岸邊的兩天，她一路越來越無法控制情緒，又害怕又沮喪。在她看來，最好的去處是史丹摩。那裡一直沒出過亂子，十分安全。史丹摩還有喬治。

他們費了很大的力氣，才說服她來到海灘上。我弟弟朝一艘從泰晤士河來的明輪汽船揮手吶喊，船上的人注意到了他們，派了一艘小船過來，三個人收三十六英鎊。船上的人說汽船開往比利時的奧斯坦德。

我弟弟他們在舷梯上付了錢，大約兩點安全登船。船上有吃的，只是價格不菲。三個人彆扭地擠在一個船頭的座位上，吃了一頓飯。

船上有二三十個乘客。有的為了登船，花光了盤纏。船長一直在黑水河上停到五點，好多收些客人。甲板上已經擁擠得很危險了。要不是五點左右南邊響起了炮火聲，他會停更久。軍艦應聲也開了小小的一炮，升起一串旗子，煙囪裡噴出一股煙。

有的乘客說，炮火聲是從舒伯里內斯傳來的，結果炮火聲越來越大。同時在東南邊黑色的煙雲下，三艘軍艦的桅杆和船身相繼升出海面。我弟弟又重新望向南邊，傳來隱約炮火聲的方向。他恍惚間看見遠處的灰霧裡升起一條煙柱。

小蒸氣船已駛出新月形的船隊，凫水往東。埃塞克斯低矮的海岸變得更藍更朦朧。火星人出現了，在很遠處，模糊的一點，從福內斯沿著灘塗向這邊靠近。艦橋上的船長頓時嚇得罵出了髒話，生氣自己怎麼沒早點出發。船的明輪葉也好像嚇得發抖。船上的所有人都站到了舷牆下或是座椅上，看著遠處的那個身影——比樹和岸上的教堂塔樓都高，步履猶如優閒散步的人。

那是我弟弟第一次看見火星人。巨型的生物不慌不忙地朝船隊走來，海岸逐漸變低，火星人便蹚進海裡。眼前的一切令他害怕，但更多的是驚歎。然後，在克勞奇的方向，另一個火星人出現了，踏過一叢低矮的樹往這邊來。接著又一個也從很遠的地方走來，在反射著陽光的灘塗裡踩得很深，彷彿懸在海天之間。他們都在往海裡走，像是要攔下擠在福內斯和納茲之間準備逃跑的船隻。小汽船雖然發動機震得厲害，船後水沫飛揚，但速度明顯減慢，畢竟繼續往前似乎不怎麼安全。

往西北方看，新月形的船陣已經因為不斷逼近的威脅而開始騷動。船一艘接著一艘散開，有的繞弧線往新月形的另一頭駛去。蒸氣船傳來汽笛聲，冒出滾滾蒸氣，船帆升

了起來。汽艇到處穿梭。這一切和左手邊不斷靠近的火星人讓他看入了迷，注意力完全沒在海上。小汽船為了避免被撞，忽然調頭，站在椅子上的他被甩了下去。周圍充斥著叫喊聲、踩踏聲，以及沒多少回應的一聲歡呼。船一陣晃動，使他趴在了甲板上。

船傾斜著。他站起身，看見離右側不到一百碼的地方，出現了一個大鐵塊，像犁鏵一樣撕開海面，掀起帶著泡沫的巨浪。浪頭朝蒸氣船打來，輪槳被絕望地掀出海面，甲板幾乎栽到了吃水線。

迸射瀰漫的水霧迷了他的眼睛。重新看清周圍的時候，怪獸已經走過，正向陸地衝去。海面上忽然出現一個船身，帶煙的火焰從兩根煙囪裡噴出來。那是魚雷撞擊艦「雷之子號」。它卯足了馬力，來營救身處險境的船陣。

我弟弟緊緊抓住舷牆，腳抵住傾斜的甲板，順著這艘巨大的軍艦，朝火星人望去。三個火星人已經會合。他們離岸很遠，各自的三腳幾乎全在水下。因為露在水面上的部分不多，遠遠看去似乎並沒有那麼大威力，不像是僅僅經過便讓蒸氣船無能為力地傾斜的鋼鐵巨獸。他們好像也被新的對手震住了。在他們眼裡，軍艦大概才是他們的同類。「雷之子號」沒有開火，只是全速往火星人那邊駛去。或許是因為沒有開火，它才能開到離火星人那麼近的地方。火星人不知道迎面而來的是什麼。否則只需一發火流，他們就能讓軍艦沉入海底。

軍艦的速度很快，沒過一會兒就開到了蒸氣船和火星人的中點附近。它越來越小，變成黑色的一塊，向朦朧的水平舒展的埃塞克斯海岸線駛去。

忽然，最靠前面的火星人放低黑管，朝軍艦噴出一發小小的黑氣，擊中了左舷。黑氣隨即變成了墨色的霧氣，與軍艦擦肩而過，飛向海面，黑煙逐漸彌漫開來。軍艦避開了。蒸氣船上的人離海面近，陽光又刺眼，因而軍艦看起來像是已經開到了火星人的面前。

醜陋的火星人分散開，隨著向海岸靠近，整個軀體都露出了海面。其中一個舉起了盒式相機似的火流發射器。他把發射器的頭往下對準，火流一碰到海面，便炸起一團水汽。火流一定像燒白的鐵棍戳破紙張一樣，穿過了軍艦的鐵皮。

彌漫的水汽裡忽然竄起一星火焰。火星人搖搖晃晃地走了幾步，倒下了。巨浪和水汽衝向空中。難聞的氣味裡傳來「雷之子號」的炮火聲，一發接著一發。其中一發打在離蒸氣船很近的地方，水汽升得很高，撲向其他飛快地往北開的船隻，將一艘小漁船劈作碎片。

不過沒多少人注意到那艘小漁船。一看到火星人倒下，艦橋上的船長語無倫次地嚷嚷起來，擠在船尾的乘客先大叫了一聲。然後一陣歡呼，因為他們看見，白色的霧氣裡湧出黑色的巨物，中間冒著火焰，通風口和煙囪都噴著火。

是軍艦。軍艦還能運作。舵輪似乎完好，發動機也正常。它直直向另一個火星人駛去，離他不到一百碼的時候，被火流擊中了。在「砰」的一聲巨響和耀眼的火光中，軍艦的甲板和煙囪都往前一斜。爆炸震得火星人一個踉蹌。熊熊燃燒的軍艦因為慣性朝火星人撞去，將火星人像硬紙板一樣撞裂了。我弟弟禁不住大叫。滾滾升起的熱氣又擋住了視線。

「兩個！」船長喊道。

每個人都在呼喊。蒸氣船的每個角落，都響起不絕於耳的狂熱歡呼。其他擠在一起的輪船和已經開出海的小船，也相繼爆發出吶喊聲。

水汽久久沒有散去，將第三個火星人和海岸線都藏了起來。這期間，小汽船一直以平穩的速度朝外海開，離交火的地方越來越遠。當視野終於變得清楚，飄浮在半空的那團黑煙隨即又擋住了視線，辨認不出「雷之子號」和第三個火星人的半點輪廓。原本面向外海的裝甲艦倒是距離很近，從蒸氣船附近駛過，朝海岸奔去。

小船繼續往外海逃，岸邊的裝甲艦漸漸遠去。海岸線依舊被霧氣籠罩。氤氳的霧氣猶如大理石的紋路，白霧和黑煙交錯環流，十分詭譎。逃難的船隊散向東北邊，幾艘漁船行駛在裝甲艦和蒸氣船之間。過了一會兒，軍艦還沒開到逐漸下沉的黑煙處便調頭向北，繞了一個弧線，開進了南面越來越厚的夜晚的海霧中。海岸線愈發迷離，最後終於被在落日附近的低空彙聚的雲霧吞沒。

忽然，在閃著金光的霧靄中，傳來炮火的震動，有一些黑影在霧中移動。所有人都來到蒸氣船的欄杆邊，瞇著眼朝熔爐般的西邊看去，可是什麼也看不清。滾滾的煙霧斜著升向空中，擋住了太陽的臉。蒸氣船震顫著前行。船上所有人的心都懸著，不知道什麼時候可以落下。

夕陽沉入灰色的雲團，天空泛紅變暗，金星顫顫巍巍地進入了視野。暮色深沉的時候，船長大喊了一聲，朝遠處指去。我弟弟睜大了眼睛努力辨認。有東西衝出灰暗，以很快的速度斜著飛向天空，飛進西邊雲團之上的那片光亮。那東西扁平寬大，畫出很長一條弧線，然後逐漸變小，慢慢落下，終於消失在夜晚灰色的迷濛中。劃過天空的時候，它給陸地灑下了黑色的雨點。

下

占領地球

第一章 腳下

上篇以我自己的驚險見聞開始，以我弟弟的種種遭遇作結。最末兩章我弟弟逃難的期間，我和牧師為了躲避黑煙，藏在哈利福德一座空房子裡，那我便從那裡說起。週日一整晚，以及週一的一整天（**也就是大恐慌爆發的那天**），我們都待在房子裡。房子被黑煙包圍，日光照不進來，成了孤島。那兩天，我們只能在疲倦中等待，忍受什麼都做不了的痛苦。

我想的全都是妻子，越想越著急。她一定還在萊瑟黑德，處境危險，心驚膽戰。她可能以為我死了，正悼念我呢。我從一個房間走到另一個房間，一想到與她失去聯繫，一想到她可能遇到的各種危險，就忍不住落淚。我的表哥膽子大，在危險面前總能挺身而出，但他不是那種能立即覺察到危險、反應迅速的人。此刻最需要的，可能不是勇敢，而是謹慎。我唯一能安慰自己的是火星人正往倫敦去，與她所在的萊瑟黑德是相反的方向。我越胡思亂想，就越難受、越敏感。牧師一直說個不停，讓我心裡更加疲憊、煩躁。他自私地說著絕望的話，我實在受不了，勸了幾次沒用，索性一個人躲到房間裡去。那是個小孩的書房，有地球儀、圖表、字帖之類的東西。結果牧師找了過來，我只好去閣樓的儲物間，把門反鎖，一個人痛苦。

那天一整天和第二天上午，我們一直被黑煙困在屋子裡，根本沒有逃出去的希望。週一晚上隔壁的房子裡似乎有人——窗邊出現了人影，燈光也晃了一陣，後來還有門用力關上的聲音。我不知道他們是誰，也不知道發生了什麼。黑煙在週一上午慢慢地往河這邊飄，離我們越來越近，最後來到房子前面的路上。

週一大約正午時分，一個火星人穿過田野，用極高溫的蒸氣讓黑煙落地。那蒸氣碰到牆便嘶嘶地響，一碰到窗戶就把玻璃震碎。牧師離開客廳的時候，還被蒸氣燙到了一隻手。後來，我們悄悄穿過幾個四壁都浸溼的房間，朝外面看。北邊的村莊就像是經歷了一場黑色的暴風雪。河那邊有些不知道是什麼的紅色，與焦黑的草地交雜在一起。

我們不知道，火星人驅散黑煙對我們的處境意味著什麼，只是不那麼害怕，鬆了一口氣。過了一會兒，困住我們的黑煙消失了，我想是時候逃了。一想到可以逃了，挪動腳步的動力便恢復了。但牧師依舊沒什麼精神，不聽我勸。

「這裡很安全，」他不斷重複著，「很安全。」

我決定自己走——唉，要是我真的自己走了就好了。有了炮兵的經驗傳授，這次我先找了乾糧和水，找了油，然後用布條裹住被燙傷的地方，還從臥室裡拿了帽子和法蘭絨襯衫。當他明白過來我真的要只顧自己走了，忽然起身說要跟我一起。那天下午，周圍很安靜。我們大約五點時出發，沿著焦黑的路往森伯里走去。

在森伯里和到那裡的一路上，不時出現人和馬的屍體，形態扭曲，以及傾覆的馬車和行李，蓋了一層厚厚的黑色煙塵。那灰燼似的附著物讓我想起了被火山毀滅的龐貝古城。我們平安抵達漢普頓，那些奇怪的景象依舊在腦子裡揮之不去。好在有漢普頓宮倖存的一抹綠色，稍稍慰藉了眼睛。我們穿過灌木公園，公園的鹿在栗子樹下來回踱步。遠處有幾個男女，急著往漢普頓那邊去。我們已經來到了特維克納姆。這些是我們看見的第一群人。

往路的對面看，漢姆和彼得舍姆那邊的樹林還在燃燒。特維克納姆逃過了火流和黑煙的魔爪，我們見到的人更多，但沒有人知道最新的消息是什麼。他們大多和我們一樣，正利用短暫的平靜尋找新的避難所。在我記憶中，許多居民當時還躲在房子裡，嚇得連逃跑也不敢。這裡的路上，也有不少大恐慌的痕跡。最歷歷在目的，是三輛摔在一起的自行車，被馬車輪撞得陷進了地面。晚上八點半光景，我們穿過里奇蒙大橋。橋上畢竟沒有掩護，我們跑得很快。不過我注意到有一些紅色的東西順流而下，有的蔓延開好幾英尺。我不知道那是什麼，也來不及細看。我當時的推測，比實際要恐怖一些。薩里這邊，一樣都是黑煙落下變成的塵埃，以及屍體——車站外的路上有一堆。但我們沒有看見火星人的身影，直到朝著巴恩斯走了一點路。

在漆黑的遠處，三個人沿著側街往河邊跑。除此之外，也沒有人影。山上的里奇蒙，火焰輕快地跳動著。里奇蒙周圍沒有黑煙。

忽然，在我們靠近邱園的時候，許多人迎面跑來。往屋頂上方望去，火星人的上半身若隱若現，離我們不到一百碼。我們嚇傻了。要是火星人那時低頭一看，我們便會灰飛煙滅。我們害怕得不敢再往前走，於是拐到一邊，躲進了一個花園的棚子裡。牧師蹲著哽咽，再也不願挪動一步。

但我鐵了心要去萊瑟黑德，不能停下腳步，於是又走回了暮色中。我穿過一叢灌木，穿過一座獨棟大房子的走廊，來到了通往邱園的路上。被丟下的牧師快步跟了上來。

這次冒險是我做過最魯莽的事。火星人顯然離我們不遠。牧師一趕上我，我們就看見火星人——不是剛剛看見的，就是另一個——在邱園那邊的草地盡頭。四五個小黑影跑過灰綠色的草地，火星人在後面追。三步，火星人便追上了他們。從他的腳下，他們朝不同方向跑。他沒有用火流擊斃他們，而是將他們一個個抓起來，把他們丟進從後背伸出的金屬口袋裡，彷彿工匠背的那種籃子。

我第一次意識到，對已經落敗的人類，火星人可能有毀滅之外的打算。我們驚得愣了一會兒，然後轉身跑進一扇大門，來到一個四面圍牆的花園裡，掉進——而不是主動跳進——一個水渠。實在幸運。我們躺在那裡，大氣也不敢出，直到天空中出現了星星。

大約十一點，我們鼓起勇氣再次出發，沒有再走馬路，而是悄悄穿過樹籬和種植園，一路上觀察著四周，不敢放鬆。我們並排走，他右我左，生怕附近冒出幾個火星人來。走著走著，我們闖進一塊燒得焦黑的地方，溫度已經降下來了，到處是灰燼，散布著不少人的屍體。那些人的頭和軀幹燒得一塌糊塗，下肢和鞋子卻都完好。四門大炮排成一排，已經殘缺不全，後面大約五十英尺的地方躺著馬的屍體。

辛鎮倒是逃過了一劫，然而人已經全部逃了，寂靜無聲。這邊我們沒見到死人，但夜色太暗，我們看不清兩旁的小路上有沒有。我的旅伴忽然抱怨頭暈口渴，於是我們決定找一戶人家去碰碰運氣。

我們先去了一幢半獨立的別墅，費了些力氣才從窗子爬進去，可是裡面沒吃的，只有一些發霉的乳酪，不過有水可以喝。我拿了一柄斧頭，在接下來的「闖空門」中派上了用場。

我們走到對面，路從這裡彎向莫特萊克。我們走進一幢有院子的白房子，院子有圍牆。我們在儲藏間裡找到了吃的——平底鍋裡的兩條麵包、一塊生牛肉、半條火腿。我之所以記得這麼清楚，是因為這些食物成了我們接下來兩星期的口糧。架子下放著瓶裝啤酒、兩袋扁豆、一些枯萎了的生菜。穿過儲藏間來到小屋，是空蕩蕩的廚房，放著些柴火。我們在壁櫥裡找到五六瓶勃根地葡萄酒、湯罐頭、鮭魚和兩罐餅乾。

我們在昏暗的廚房裡坐著，不敢擦亮火柴，吃了麵包和火腿，分享了一瓶啤酒。牧師依舊戰戰兢兢、焦躁不安。這次他倒一反常態，催我上路。我叫他多吃點，好有力氣。

正在這時，意外發生了，我們被困在了這座房子裡。

「應該沒到半夜吧。」我話音剛落，黑暗中就亮起刺眼的綠光。廚房裡的一切瞬間輪廓分明，然後又隱匿。隨之而來的是我從未聽到過的震動聲，幾乎同時，身後響起「砰」的一聲。玻璃碎了，磚石落在我們周圍，天花板上的石灰掉下來，在我們頭上砸成碎片。我摔到地上，背靠烤箱的把手，腦子裡一片空白。牧師後來告訴我，我昏迷了很久。等我清醒過來，我們已經重新身處於黑暗。他的臉上溼漉漉的，原來是他的額頭被砸出一道傷口，流血了。他正拿水拍我的臉。

我一時想不起來剛剛發生了什麼，記憶慢慢地才回到腦子裡。太陽穴上的瘀傷生疼。

「好點了嗎？」牧師輕聲問。

我過了很久才應了一句，一邊坐起身。

「別動，」他說：「地板上都是陶片，是從碗櫥裡摔出來的。你一動就會發出聲響，我感覺那些東西還在外面。」

於是我們一動不動地坐在那裡，只能聽見彼此的呼吸。四周一片死寂。不遠處有碎

石灰或碎磚頭滑落，哐啷一聲。外面有斷斷續續的金屬的聲音。

「聽！」牧師說。又有金屬的聲音響起。

「聽到了，」我說：「是什麼聲音？」

「有個火星人！」他說。

我又仔細聽了一下。

「不像是火流。」我說。我猜會不會是有個火星人撞到了房子上，就像撞到謝珀頓教堂塔樓的那個一樣。

我們的處境實在詭異，又不知道該怎麼辦，只能坐等到天亮，三四個小時沒怎麼動。亮光透進來。不是從窗戶，窗子裡還是黑的，而是從身後牆上一堆碎磚頭和橫梁之間的三角形孔隙裡。我們第一次見到了廚房的模樣，雖然蒙著一層灰色。

從院子來的泥土砸穿了窗玻璃，落在桌子上。我們一直伸開腿坐在那上面。窗外靠牆，土堆得很高。在窗框上方，我們看見一根被連根拔起的排水管。地板上是金屬器具的碎片。廚房連接主屋的地方被打穿了，藉著從那裡進來的日光，可以看見主屋已經塌了一大半。與廢墟形成強烈對比的，是完好無損的碗櫥，漆色是新潮的淺綠，腳下有許多銅和錫的器皿。壁紙是仿藍白瓷磚的花紋，高處的牆上有一些補貼的彩紙被撕開了，輕輕飄動。

晨光漸漸明朗，我們透過牆縫看見了火星人的身影，站在還在發光的飛行器上，我猜是在放哨。看見火星人以後，我們極小心地爬出有亮光的地帶，爬到黑暗的洗碗間裡。

忽然我明白過來了。

「是第五具飛行器，」我小聲說：「撞到了房子上，把我們埋在了廢墟下面。」

牧師沉默了一陣，也小聲地說：「願上帝保佑我們！」

過了一會兒，我聽見他自顧自抽泣著。

除了他的嗚咽聲，我們安靜地躺在洗碗間裡。我連大氣也不敢出，盯著地上的微光。我只能勉強看見牧師的臉，昏暗中一個橢圓的形狀，以及他的領子和袖口。外面開始響起捶打金屬的聲音，然後是用力地呼鳴。安靜了片刻，又傳來嘶嘶聲，像是發動機發出的那種聲音。時間慢慢流逝，這些斷斷續續的聲音似乎響得越來越頻繁，不過我們不清楚是什麼聲音。而後，我們聽見一聲不大的悶響，震得周圍的一切都在顫抖，儲藏間裡的器皿叮噹地移動。悶響持續著。雲遮住太陽的時候，陰森的廚房門邊便一片漆黑。我們在那裡躲了有好幾個鐘頭，不敢說話，瑟瑟發抖，然後昏睡過去。

醒來的時候，我很餓。我們好像睡了大半天。我實在忍不住飢餓，決定付諸行動。我跟牧師說我去拿點吃的，然後摸著黑爬去儲藏間。他沒有應聲。最後是我吃東西的聲音讓他起來了。我聽見他爬到儲藏間這邊來。

第二章 從破房子看出去

吃完後我們悄悄回到洗碗間。我又睡了一小會兒，醒來時看了看周圍，牧師不見了。悶響和震動還在繼續，沒有停下來的意思，讓人厭煩。我輕聲叫了幾聲牧師，最後爬到廚房門邊。天還沒黑，我看見他在廚房的另一頭，靠著那個能看見火星人的三角形牆洞。他聳肩弓背，我看不見他的腦袋。

我聽見火車維修站裡的那種聲音，整個廚房都跟著轟隆隆的悶響在搖晃。牆洞裡能看見觸碰天空的樹梢。傍晚的天空渲染著金色和溫暖的藍色，靜謐安詳。大概一分鐘後，我蹲伏著朝他走去，在滿是陶器碎片的地上躡手躡腳地前進。

我碰了碰他的腿，他嚇了一跳，把一大塊石灰撞到了外面，發出很大的聲響。我一把抓住他的手臂，生怕他喊出聲。兩個人一動不動地窩在那裡。過了很久，我才敢轉過頭，看看牆面還剩多少。牆上開了一條豎縫。我小心地站起來，盡量不被橫梁碰到，從縫隙往外看。這裡是郊區，外面的路上從昨晚到現在都很安靜。但似乎一切都變了模樣。

第五具飛行器一定砸在了我們之前去的那幢房子上。房子被撞得粉碎，所以才整座都不見了。飛行器撞入地下，陷得比地基還要深，形成的坑比我在沃金看見的那個還要大。劇烈的衝擊使得臨近的土石飛濺——除了「飛濺」我想不到其他詞語來形容——壘成一堆一堆，蓋住了側屋的殘骸。情狀猶如拿錘子重重地敲打泥土。我們所在的房子向後塌陷。前半部分即使只有一層，也完全毀壞了。廚房和洗碗間僥倖躲過，半埋在沙土和廢墟中，三面被大堆的沙土緊緊簇擁，只有面向飛行器的那邊沒有。從那個角度來看，我們正位於火星人在挖的圓坑的邊緣。沉重的錘打聲顯然就是從我們後面傳來的。然後，明亮的綠煙又飛向半空，像一面薄紗飄過牆洞裡的視野。

巨坑中央的飛行器已經打開了。在坑的另一頭，碎石堆中伏倒的灌木叢裡，龐大的戰鬥機器僵硬地矗立在夜空下，操控它的人不在裡面。我先描述了飛行器和巨坑，倒不是因為我首先注意到了這兩個東西，只是比較容易下筆罷了。除了它們，還有正在挖土的奇特機器，銀光閃閃，奇怪的生物在緩慢爬行，掙扎著擠過身邊的土堆。

最先吸引我注意的是挖土的機器。這構造複雜而精密的機器，後來被稱為「操作機器」，對它的研究極大地促進了人類的發明創造。操作機器給我的第一印象，是一隻金屬的蜘蛛，有五條靈活的腿、無數互相聯結的槓桿，以及能觸達四周抓取物體的觸鬚。手臂一般的觸鬚大多收縮著，伸出的三條正取出各種金屬條棒和板片，用來襯墊飛行器外殼和加固器壁。這些零件被卸下、吊出，然後堆放在操作機器身後的平地上。

機器的動作極其敏捷、複雜、完美。乍一看，我並沒有認為那是機器，儘管它閃著金屬的光澤。戰鬥機器的確動作協調、仿生度高，但遠不及操作機器。若是沒有親眼見過，它幾乎可以亂真的生物形態，就連畫家也難以想像，我的文字也無法百分百地還原所見。

我記得最早出版的關於這場戰爭的小冊子，附過一些插畫。畫家顯然沒有仔細研究過戰鬥機器，他的所有關於火星機械的知識，也就止於此了。他筆下的戰鬥機器，體態傾斜，三隻腳僵直，毫無靈活精妙可言，既誤導了讀者，又單調無趣。附有這些「改編」的小冊子在當時流傳甚廣，我此處提及，只是為了讓看過冊子的讀者屏棄固有的印象。畫中的形象與我所見的行動敏捷的火星人相比，甚至不如荷蘭木偶與真人相似。

我前面提到，初見操作機器時，我並不覺得它是機器，而是一個螃蟹形狀的生物，披著金屬外殼。火星人用精密的觸鬚操縱著它，控制它的動作，就像是螃蟹的大腦。然後，我發現它的外殼和周圍那些伸展肢體的東西十分相似，都是閃著銀光的褐色，質地又接近皮革。我忽然明白了這靈巧的挖土工到底是什麼。意識到這一點後，我不禁又看向真的生物——那些火星人。對於火星人，我有短暫的認知，最初的那種噁心此時已不再影響我對他們的觀察。況且我藏在隱蔽處，一動不動，不急著逃跑。

我這時才看清，他們的外形怪異得簡直無法想像。他們有碩大而滾圓的身體——或者是頭顱——直徑約四英尺。前側是臉，但沒有鼻孔。火星人沒有嗅覺。他們有一雙深色的大眼睛，眼睛下面是肉質的喙。在這頭顱（**或身體，我實在不知道該如何歸類**）的背面是一面繃緊的膜，後來經過解剖才知其類似於耳朵裡的鼓膜，但在密度這麼高的大氣裡，這個器官應該沒什麼用。嘴巴周圍長著十六根細長如鞭的觸手，上下兩束，各八根。傑出的解剖學家豪伊斯教授將觸鬚命名為「手」，實在巧妙。我第一次見火星人，他們努力用手把自己撐到空中，但因為地球上巨大的重力而失敗。因此可以推測，他們在火星上可能就是依靠某種設備，用手撐地前行的。

後來的解剖也揭祕了他們的內部構造，我不妨在此再花些筆墨。火星人的內部構造和外形一樣簡單，大部分是大腦，以大量神經與眼睛、耳朵和觸手連接。此外是大容量的肺，嘴巴張開便往肺裡吸氣，以及心臟和血管。從抽搐的表皮可以看出，高密度的大氣和增大的重力讓火星人很痛苦。

以上便是火星人所有的器官。人類可能覺得奇怪，占據人類體內大量空間的複雜的消化系統，火星人居然沒有。他們只有頭——大部分是頭，沒有內臟，不進食，所以更別提消化。他們吸吮其他生物的鮮血，直接注入血管。我後來親眼看見了這個過程，後文會提及。但我忍受不了血腥，所以無法仔細描寫那個我甚至不忍看第二眼的場面。火星人從活的動物（**大多數是人**）身上吸血，血液通過一根小小的輸液管，直接注入他們的血管……這是我能承受的極限了。

一想到這裡我就噁心。但人類也別忘了自己是怎麼吃兔子肉的，兔子也有智力。

直接輸血的確有生理上的優勢。你想想看，進食和消化的過程浪費了人類多少寶貴的時間和精力。我們的身體有一半的組成是腺體、腸道等器官，主要負責將各種各樣的食物變成血液裡的營養。消化的過程及其對神經系統的反應，不過是消耗我們的體力，創造各種感覺。肝臟腸胃健康與否，決定了人開心或痛苦。而火星人已經脫離了一切情緒波動的苦海。

火星人喜歡將人類作為營養來源，其中原因從他們帶來作為給養的生物可以看出一二。人類後來拿到了這些生物乾癟的遺體。這些受害的生物是兩足動物，有輕薄的矽質骨骼（與矽質海綿近似）；肌肉薄弱，身高大約六英尺；頭顱圓而直立，堅硬的眼眶中嵌著大眼睛。每具飛行器備有兩三隻這種生物，在抵達地球之前便被殺死。是否被殺死，對牠們來說沒差別。就算活著到了地球，僅僅是站直身體就會壓碎牠們的每一根骨頭。

既然寫到了這裡，那我不如再詳細說說。我要說的這些，當時的我們並不瞭解，但對於不熟悉火星人的讀者來說，可以對這種凶殘的生物有更清晰的認知。

他們的生理機能與我們還有另外三點不同。

其一，他們的器官並不休息，比人類的心臟休息得還要少。他們沒有複雜的肌肉系統需要恢復體力，所以不存在週期性的休眠。他們很少有，甚至沒有疲勞感。他們在地球上舉步維艱，但從來沒有停下過腳步。他們二十四小時連續工作，堪比地球上的螞蟻。

其二，儘管有「性」的世界很美好，但火星人沒有性行為，也就沒有人類因為「性」而產生的種種高低起伏的情緒。如今可以肯定，有一個小火星人是在地球上出生的，並且是透過出芽的方式繁殖出來的。人類發現他時，他還沒有完全脫離母體，類似百合花發芽或淡水中的水螅。

人類及地球上的其他高等生物，早已脫離了這種繁殖方式，但這確實是地球上最原始的繁殖方式。在低等生物中，脊椎動物的近親被囊動物既能有性繁殖，也能無性繁殖，但在進化的過程中，有性繁殖最終取代了無性繁殖。而在火星上，無性繁殖取代了有性繁殖。

值得一提的是，早在火星人入侵地球之前很久，有一個在科學界也算得上小有名氣的作家預測了火星人的種種特徵，命中不少事實。我記得他的預言發表於一八九三年十一或十二月的《蓓爾美爾雜誌精編版》，這本刊物當時已停刊很久。我還記得，在火星人出現以前的時代有一本雜誌《捧趣》，甚至刊登過諷刺那篇文章的漫畫。作家用傻而滑稽的筆調寫道，精密的機械設備終將取代四肢，高度成熟的化學裝置將取代消化系統，頭髮、外鼻、牙齒、耳朵和臉頰將不再是人類的必要器官，會逐漸被天擇淘汰。只有大腦還是不可或缺的重要器官。軀體唯一有理由保留下來的部分是手，因為手能「訓練大腦，完成大腦的指令」。人類的手會變得越來越大，而其他部分會逐漸萎縮。

文章雖然語調不正經，但說了不少真話。毋庸置疑，我們如今終於在火星人身上看到了智力高度發達、動物性機能被弱化的現象。我甚至相信，或許火星人的祖先與我們並非全然不同，只是大腦和手逐漸演化（手變成了兩組觸手），身體的其他部分慢慢被淘汰了。沒有了身體，大腦成了獨裁者，沒有任何類似於人類的基本情感。

火星人與人類的最後一個比較大的差異，可能你會覺得過於細枝末節。在地球上給人類帶來無數疾病、折磨的微生物，不是在火星上不存在，就是火星人早已憑藉發達的衛生學將其消滅。發熱、傳染、結核病、癌症、腫瘤等千百種疾病，從來不會出現在火星人的生活中。說起火星與地球生活的差異，我還想提一提奇異的紅草。

在火星的植物王國中，顯然綠色不是主流，大多數植物是鮮豔的血紅色。至少火星人帶來的種子，都長出了紅色的植株。不過，只有被稱為「紅草」的植物在競爭殘酷的地球上活了下來。紅藤只存活了很短一段時間，沒有人觀察到它完整的生長過程。紅草倒是一度生機勃勃，長勢繁盛。我們被困在房子裡不到三、四天，紅草就在巨坑的邊沿蔓延開來。仙人掌一般的分枝給我們三角形的窟窿鑲上了一層紅邊。後來，紅草散播到了全國各地，溪流附近尤為常見。

火星人的聽覺器官在後背（或後腦勺），也就是那面圓形的膜。火星人的視野範圍與人類相差不大，但根據菲利普斯研究，我們的藍色和紫色在他們眼裡是黑色。世人普遍認為，他們的溝通方式是聲音和觸手的姿勢，這一論斷來自前文提到的那本銷量不凡卻粗枝大葉的小冊子（顯然作者沒有親眼見過火星人）。大多數關於火星人的說法，其實都是從那本小冊子裡傳出來的。如今，我算是世上目睹了最多次火星人的人。這樣說並非居功，只是陳述事實。我敢保證，在幾次近距離的觀察中，我見到過四、五個（有一次是六個）火星人慢吞吞地協同完成複雜的工作，沒有發出一點聲音，也沒有任何特殊的手勢。他們在進食前都會呼嗚，但聲音沒有高低變化，所以我想也不是某種信號，只不過是吮吸前的呼氣。在心理層面，我有一個基本的推斷，火星人無須透過物理媒介便能交換想法。在這之前，我有完全相反的成見，但所見所聞說服了我。在火星人入侵之前，可能有三兩個讀者看過我的一篇文章，我在文章裡批評過心靈感應理論。

火星人不穿衣服。他們對於服飾與得體一定有異於人類的理解。他們對於氣溫變化的感知比人類遲鈍得多，重力的變化對他們的健康也沒有很大的影響。而火星人的赤身裸體，也是先進於人類的地方之一。人類使用自行車、滑板車，使用李林塔爾發明的滑翔機，使用槍和拐杖，都是火星人已經完成的進化階段。火星人只剩下大腦，根據需要來裝備相應的「身體」，和人類穿不同的衣服、趕時間的時候騎車、下雨天打傘是同樣道理。他們的器械最令人驚奇、慨歎的特徵，是沒有輪子——存在於人類幾乎所有機械設備中的輪子。在火星人帶來地球的所有物件中，沒有任何輪子的蹤影。就連移動裝置上也沒有。細想起來也怪，地球的大自然中並不存在輪子，也沒有對發明輪子提供過任何有利的條件。火星人不是不知輪子為何物（可能性不大），就是有意避免使用輪子。火星人的設備很少使用固定或相對固定的支點，圓周運動限於某一個平面。幾乎所有機器的聯結，都使用了複雜的滑動系統，零件倚靠小而精妙的弧形軸承移動。他們的設備還有一個令人驚歎的細節，長槓桿在大多數情況下藉由一個圓片的組合來驅動。圓片被彈性的護套包裹，像是一個肌肉組織；電流穿過時，各個圓片能有力地離散，或是緊密地收縮在一起。憑藉這一結構，火星人的設備運作與動物的運動達到了高度的相似。對此，作為一個地球人的目擊者，我既震驚又不安。在蟹形的操作機器中，布滿了大量的這種「肌肉組織」。我第一次從牆縫裡往外窺探時，看見操作機器正從飛行器裡卸下各種東西。與遠處落日餘暉下剛剛結束了漫長的星際旅行、喘著氣揮舞觸手、步伐虛弱的火星人相比，這些機器看起來反而更具有生命力。

當我看著火星人在夕陽下緩慢移動，觀察他們怪異的細節時，牧師用力拉了拉我，我才想起他還在我身邊。我轉過頭，看見他表情很生氣，平時動個不停的嘴巴沒有說話。他也想看一看外面，但牆縫很窄，只夠一個人。我只好讓出牆縫，讓他享受一會兒特權。

我再次趴到牆縫上看的時候，繁忙的操作機器已經用從飛行器裡拿出來的零件，安裝成了一個和它自己形態完全相同的機器。左前方出現了一臺負責挖掘的機器，釋放著綠色的煙霧，圍繞巨坑挖土築防，有條不紊，方向明確。正是這臺機器製造了連續不斷的敲擊聲，讓我們的避難所有節奏地震顫。它工作時還會發出嗚咽聲和呼嘯聲。以我的觀察，這個機器也沒有火星人在操控。

第三章 被困的時日

第二臺戰鬥機器出現的時候，我們不得不從牆縫邊退回到洗碗間，怕火星人坐上戰鬥機器後俯視，發現藏在牆後面的我們。過了幾天後，我們不那麼怕了。外面日光炫目，看我們的藏身之處應該是一片漆黑。但即便如此，一有火星人靠近的動靜，我們就慌得逃進洗碗間，心怦怦直跳，後來才慢慢適應。雖然危險至極，但我們還是禁不住誘惑想過去偷看。如今回想起來也奇怪，我們當時內外交困，既有可能餓死，也有可能被火星人發現，但還是會拚命爭奪令人膽戰心驚的偷看特權。我們賽跑似的去廚房那頭，等不及要看外面的世界，可是又怕發出聲響，互相又打又踢，在半個身子的範圍內你推我擠，真是越想越好笑。

我們兩人的想法、做法格格不入，這種衝突在困在一起時變得更加明顯。在哈利福德，我已經開始討厭他沒用的哀號和死板的頭腦。我每次在想該怎麼辦時，他永不停

歇的嘀咕就會打斷我的思路，加上這令人窒息的禁閉空間，有幾次我都快瘋了。他就像個什麼也不知道的婦人，一點也不懂得克制。他有時一哭就是幾個小時。我確信，這個被生活寵壞的巨嬰，自始至終都覺得他懦弱的眼淚能派上什麼大用場。我只能坐在黑暗中，聽他不停地哭，集中不了精神。他吃得比我多。我跟他說這不好，因為我們唯一的生路就是在這裡等火星人處理完巨坑離開，我們的食物需要撐過那之前的很長一段時間。但他不聽勸，飲食依舊衝動，隔很久吃一大頓，而且不怎麼睡覺。

一天天過去，他的無所謂讓我們的物資日益緊張，處境愈發危險。我很不想那麼做，但別無他法，只能威脅他，最後還動了手。這讓他聽話了一陣子。他是那種懦弱之輩，沒有自尊，膽小怕事，沒有血性，只有狡猾的壞心眼，既不敢正視人，也不敢正視上帝，甚至不敢正視自己。

這些不快我不願回想，只是為了記敘之完整，我必須寫下來。沒有體會過生活陰暗面的人，很容易指摘我的粗暴、我的憤怒，因為他們只知評判對錯，不會去想一個人在經受折磨時會怎麼做。在生活的黑影裡轉過一圈的人，才能體會那些基本的情感，才更寬容。

房子裡，我們在昏暗中小心翼翼地競賽，搶食物，抓手，揮拳；房子外，可怕的六月投下無情的陽光，巨坑裡的火星人已經成了陌生而奇異的日常。說回自己，我過了很久又冒險爬到牆縫邊，看見火星人又多了至少三臺戰鬥機器。最後來的這批火星人，帶來很多新的裝備，整齊地排列在飛行器旁邊。第二臺操作機器已經組裝完畢，在協助另一臺新奇的大型裝備。這臺裝備的主體部分猶如牛奶罐，上部是搖晃的梨形容器，白色的粉末從容器裡汩汩地流出來，流到下面的圓盆裡。

搖晃容器的是操作機器的觸手。操作機器用兩隻鏟形的手挖出泥土，拋進梨形的容器裡，同時每隔片刻，用另一隻手臂打開設備中間部分的門，清理出鏽黑的爐渣。還有一隻鋼鐵觸手，將圓盆裡的白色粉末順著有稜紋的管道，撥到一個灰藍色土堆邊我看不見的東西裡去。一縷細細的綠煙從那個看不見的東西裡升起來，直升到靜謐的空中。看著看著，隨著一陣輕微的叮噹聲，操作機器忽然將一隻豎在那兒的觸手伸到了土堆後面，就像望遠鏡伸長那樣。

沒有片刻停歇，觸手抓起一個閃耀著金屬光澤的白色鋁罐，放到巨坑邊那堆越來越多的罐子上。在日落之後、星光出現之前，這臺靈巧的操作機器已經用天然陶土製成了一百多罐白色粉末，灰藍色的土也堆得高過了巨坑的邊沿。

這些機器行動敏捷、動作複雜，而它們笨拙的主人喘著氣，沒有移動半步，反差實在強烈。幾天以來，我不得不一直提醒自己：兩者之中，只有後者才是有生命的那個。

當第一批人被帶到巨坑裡時，牧師正趴在牆縫上。我坐在下面，蜷縮著身體，努力分辨外面的聲音。牧師忽然後退了一步，我以為我們暴露了，嚇了一跳，窩在了地上。他滑下石堆，摸著黑悄悄來到我身邊，一邊語無倫次地說著，一邊打著手勢，聽得我也怕了起來。他示意讓出牆縫。過了片刻，我在好奇心的驅使下，鼓起勇氣，起身爬到石堆上的牆縫邊去。一開始我依然沒看明白他在怕什麼。暮光籠罩著四周，星光微弱，但製鋁罐的綠火閃耀著，照亮了巨坑。視野之內，綠光熒熒，交雜著斑駁的黑影，看得人眼睛不舒服。蝙蝠飛來飛去，倒是絲毫沒有在意。休息的火星人已經看不見了，灰藍色的土堆完全擋住了他們。戰鬥機器縮短了腳，站在巨坑的角落裡。然後，在一陣機器的鏗鏘聲，同時隱約有人的聲音傳來，然而我看得太起勁，並沒有把那聲音放在心上。

我蜷伏著，全神貫注地盯著戰鬥機器，第一次看清了那罩子底下確實是火星人，印證了之前的猜測。在綠火的映照下，我看見了他油光鋥亮的外皮和明亮如炬的眼睛。忽

然，我聽到一聲叫喊，戰鬥機器將一隻觸手扭到背後的小籠子裡。然後有東西被舉到了高空中，模糊的黑影在星光下激烈地掙扎。當黑影回到地面時，我藉著綠光，發現那竟然是個人。他有一瞬間被照得很清楚，是個肥碩的中年男子，面色紅潤，穿得很講究，想必三天前也是個德高望重的人物。我看見了他睜大的雙眼，以及領扣和錶鏈反射的光。他消失在了土堆後面，然後是片刻的寂靜。接著，那邊響起了尖叫聲，和火星人持續不斷地高興呼鳴。

我滑下石堆，踉蹌地站起來，雙手拍了拍耳朵，往洗碗間逃。牧師一聲不吭地縮在石堆邊，雙手抱頭。他抬頭看見我只顧自己跑去洗碗間，大喊了一聲，趕緊跟上我。

那晚我們躲在洗碗間，十分害怕，卻依然被危險的牆縫吸引著。我想我們必須逃，但想不到什麼好辦法；第二天，我的頭腦清楚了不少。牧師是出不了什麼主意了，昨夜那從未見過的殘暴場面，摧毀了他僅剩的那點理智和思考的能力，使他淪為一隻動物。但我必須打起十二分精神。我想了想眼前的遭遇，雖然很壞，但並不至於完全絕望。假如這巨坑只是火星人暫時的營地，我們就有機會。即使他們駐紮在這裡很久，也並不一定會永遠守在這裡，那樣我們便有逃跑的希望。我還仔細思考了有沒有可能挖地道，但我那時想，那樣被放哨的戰鬥機器發現的機率太大，況且地道只能我自己挖，牧師肯定指望不上。

如果我沒記錯，到了第三天，我看見了那個被殺死的男人。那是唯一一次我親眼看見火星人進食。目睹了那個場面之後，我大半天都沒有再往牆縫外面看。我躲回洗碗間，拆下門，連著幾個小時用短柄的小斧頭挖地，並且盡量不出聲。當我挖了一個大約兩英尺深的地洞時，疏鬆的泥土陷了下去，發出一陣聲響，我再也不敢繼續。我洩氣了，在洗碗間的地上躺了很久，連挪動身子的心思也沒有。從那時起，我便打消了挖地道逃走的念頭。

人類憑藉自己的力量打敗火星人，我便能逃出生天——這樣的念頭，在我看到了火星人的威力之後，幾乎沒有在我的腦海中再出現過。但在第四還是第五晚，我聽到了炮聲。

那時已是深夜，明月高懸。挖土的機器已經撤走，除了站在巨坑另一頭土堆上的戰鬥機器，和我看不見的牆縫正下方巨坑裡的操作機器，周圍沒了火星人的蹤影。巨坑附近一片黑暗，只有操作機器閃著微光，以及月光映出的一些斑駁。萬籟俱寂，只有操作機器的鏗鏘聲。那一晚寧靜、美麗，如果不算火星，月亮似乎獨享著夜空。有一隻狗在咆哮，這久違的聲音讓我側耳傾聽。然後便傳來清晰的轟鳴，正是大炮發出的那種聲響。我數了一下，一共六響。隔了很久，又是六響。之後便再也沒了。

第四章 牧師之死

被困住的第六天，我最後一次往牆縫外看。看了一會兒，發現身邊沒人了。牧師沒有在我身邊、急著把我擠開，而是回到了洗碗間。我忽然想到了什麼，馬上安靜地退回去。黑暗中，我聽見牧師在喝東西，循聲去抓，手指碰到了一瓶勃根地葡萄酒。

接下來的幾分鐘，我們扭打在一起。瓶子掉在地上，碎了。我停手起身。兩人站在那兒，喘著氣對峙。最後，我攔在他和食物之間，告訴他必須立規矩。我將儲藏間裡的食物分成十天的份，當天他不能再吃。下午，他試探著去拿。我正在打瞌睡，立馬醒過來。我們面對面坐了一天一夜。我雖然很累，但毫不鬆懈。他一邊哭，一邊抱怨自己餓了。那確實是一天一夜，但現在回想起來，似乎是一段無休止的對峙。

我們的不合愈演愈烈，終於變成了打鬥。整整兩天，我們低聲罵著對方，不時上演摔跤比賽。有時我發瘋似的打他、踢他，有時我騙他、勸他，還試過用僅剩的一瓶勃根地跟他談條件，因為我還有抽雨水的泵可以取水喝。但他軟硬不吃，實在不可理喻。他一直想搶食物，不肯甘休，並且不停地嘟囔著。按份進食是讓我們在這裡多活幾天的基本預防措施，但他就是不肯這樣做。我漸漸意識到，他已經徹底失去了理智，我在這密不透風、令人窒息的黑暗中的唯一同伴，是瘋子。

在模糊的記憶中，那時我自己的精神好像也遊走過幾次。我一睡覺就會做奇怪又可怕的夢。然而說起來很荒謬，正是牧師的懦弱和精神錯亂警告了我、撐住了我，讓我保持了理智。

第八天，他開始大聲說話，不再低語。我怎麼做，他都不肯住嘴。

「這是公正的審判，噢，上帝！」他一遍又一遍地說：「這是公正的審判。懲罰我吧！我們都是罪人，我們有大過。有人貧困，有人悲哀。貧困的人被踐踏到塵埃裡，我卻一聲不吭。我宣揚做壞事不可過分——噢我的上帝，壞事啊！我該挺身而出，即便會死，我也該叫他們懺悔！懺悔！壓迫窮人的人！上帝的酒榨[1]已經備好了！」

然後，他的話鋒會忽然轉向我不肯給他的那些食物，祈禱、乞求、哭泣，最後開始威脅。他的音量不斷變大，我求他小聲些。他抓住我這個弱點，要脅我如果不給吃的，他就大喊大叫，把火星人引過來。我怕了，但我意識到，如果我讓步，撐到逃走的機會就會變小。我拒絕了他，可是不確定他會不會真那麼做。但至少那天，他沒有再叫喊。第八、第九天，他的音量慢慢變大，有時威脅，有時懇求，有時帶著一絲理智。他不停地懺悔自己徒有上帝僕人之名，以博得我的憐憫，但說辭空洞。接著他會小睡一會兒，醒來後又有了力氣重複之前的那一套。他的聲音太大了，我必須讓他停下來。

「安靜！」我求他。

他跪起身——昏暗中，他一直坐在地上的銅器旁邊。

「我安靜得太久了，」他的聲音絕對能傳到巨坑那邊，「現在我要見證了！讓災禍降於這座不虔誠的城市！禍！禍！禍！禍！禍！藉著他人小號般的呼號，降禍於地球的子民——」

「閉嘴！」我站起來，很害怕火星人會聽見，「看在上帝的分上——」

1 應指《聖經．啟示錄》第十四章第十九節典故：「天使將鐮刀扔在地上，收取地上的葡萄，丟進神盛怒的酒榨中。」葡萄被榨，喻指罪人接受審判。

「不，」牧師用盡全力喊道，也站起來，張開雙臂，「大聲地說吧！我說的是上帝的箴言！」

他跨了三大步，走到通往廚房的門邊。

「我必須去見證了！我要去了！已經晚了很久。」

我伸出手去摸掛在牆上的斬骨刀，立馬衝過去。恐懼使我憤怒。我在廚房中央追上了他。僅存的一絲人性讓我把刀尖轉向了自己，用刀柄打了他一下。他往前一個踉蹌，趴倒在地。我被他絆了一跤，站穩後喘著大氣。他一動不動。

忽然，我聽見外面傳來一陣響動——石灰塊滑落、摔碎。牆上三角形的洞暗了下來。我抬頭，看見操作機器的下半部出現在了牆洞裡。一隻抓東西的觸手在廢墟中捲曲，另一隻在倒下的橫梁附近摸索。我盯著觸手，嚇壞了。透過火星人的身體（或者說頭部）旁邊的一個玻璃圓盤似的東西，我看到火星人瞪著又大又黑的眼睛。接著，一隻金屬蟒蛇般的觸手慢慢地伸進了牆洞。

我好不容易轉過身，卻被牧師絆了一下，最後停在了洗碗間門邊。觸手離我兩碼，或者更遠，在廚房裡扭動盤旋，有時會猛地一動，左右不定，特別怪異。那緩慢而斷續的動作讓我看呆了。過了一會兒，我才嘶啞地嗚咽了一聲，硬著頭皮往洗碗間另一頭逃。我打開煤窖的門，站在黑暗中，盯著隱約可見的廚房的門邊，仔細聽著。火星人發現我了嗎？他現在在幹什麼？

有東西在那邊動來動去，動作很安靜。它不時地敲一敲牆壁，或者在一陣金屬的叮噹聲後開始移動——就像是鑰匙環上鑰匙的叮噹聲。然後，一具沉甸甸的身體——我知道那是誰的身體——被拖過廚房的地板，拉出了缺口外。我忍不住，悄悄走回門邊朝廚房窺探。藉著從三角形牆洞裡照進來的陽光，我看見火星人坐在百手巨人般的操作機器上，端詳牧師的頭。他會不會從他頭上被重擊的傷痕，推斷出我在附近？

我躡手躡腳地返回煤窖，關上門，在黑暗中把自己埋進煤和柴火裡，盡量不發出聲音。我動一下，又停一會兒——紋絲不動的那種，聽聽看火星人有沒有再次把觸手伸進牆洞。

微弱的叮噹聲又響了起來。我感覺到觸手慢慢地穿過廚房，不一會兒就來到了近處——到了洗碗間，我猜。觸手的長度可能搆不著我。我不停地祈禱。它穿過洗碗間，輕輕刮擦煤窖的門。我的心懸在了嗓子眼，幾乎要憋不住了。然後我聽見它在擺弄門門！它找到了門！它居然知道什麼是門！

它大概花了一分鐘研究門閂，然後打開了窖門。

我在黑暗中清楚地看見了觸手，簡直與象鼻無異。它朝我這邊揮舞而來，敲敲牆壁，打打煤炭、柴火、天花板，像一條黑色的蠕蟲，來回擺動什麼也看不見的頭。

它在我的鞋跟上碰了一下。我差點尖叫出來，急忙咬住自己的手。觸手安靜了一會兒，我以為它收回去了。接著，卡嗒一聲，它抓住了什麼東西——我以為它抓住我了！然後它似乎退出了煤窖，但我不敢確定。後來我發現它拿走了一塊煤。

我一直蜷縮著，於是趕緊調整了一下姿勢，然後仔細聽。我虔誠地祈禱，祈禱自己能躲過這一劫。

然後我聽見那聲音又緩慢、小心地朝我這邊過來，很慢、很慢地靠近，刮著牆壁，敲打著窖裡的東西。

它很熟練地敲了一下門，關上了。但我依舊心存疑慮。我聽見它退到儲藏間裡去，餅乾罐子哐啷地響，有瓶子摔碎了。接著有東西撞在了煤窖的門上。再然後，便是無盡的寂靜。

它走了嗎？

終於，我確信它走了。

它再也沒來過洗碗間。但我第十天一整個日夜都蜷縮在煤炭和柴火底下，躲在無法喘氣的黑暗中。我很渴，但我不敢爬出去拿喝的。直到第十二天，我才冒險去取了一些。

第五章
寂靜

我再次來到儲藏間，做的第一件事是關緊廚房和洗碗間之間的門。儲藏間裡什麼都沒了，什麼吃的都沒剩。顯然是火星人拿走了。我第一次感到絕望。第十一天和第十二天，我滴水未進。

我口乾舌燥，體力明顯下降。我坐在漆黑的洗碗間裡，沮喪、難受，想的全都是吃的。我大概是聾了，我早已習慣了的巨坑那邊的響動戛然而止。但我沒有力氣安靜地爬去牆縫邊，否則我會過去一探究竟。

第十二天，我的喉嚨痛得要命，於是冒著驚動火星人的危險，撲向水槽邊的雨水泵，嘎吱打開，接了兩杯黑漆漆的雨水。這兩杯水讓我舒服了不少。泵水的聲音沒有引來觸手，讓我壯了不少膽子。

這幾天，我一直在想牧師，想他是怎麼死的，但只是胡思亂想，沒有什麼結論。

第十三天，我又喝了一點水。打瞌睡的時候，我的腦海裡閃過吃東西的場景和不實際的逃跑計畫。我的夢境都在折磨我，不是牧師的死，就是豐盛的大餐。但無論醒著還是睡著，我都能感到尖銳的疼痛，驅使我一次又一次地去取水喝。照進洗碗間的光從灰色變成了紅色。在我的幻覺中，那是鮮血一般的紅。

第十四天，我去了廚房，驚奇地發現紅草已經穿過牆洞，蔓延進了牆內，將昏暗的廚房變成了猩紅色的朦朧幻境。

第十五天一早，我聽見廚房傳來一陣奇怪又熟悉的聲音，聽了一會兒才分辨出那是狗在聞氣味和扒東西。我走進廚房，看見一隻狗正將鼻子埋進紅草的間隙。我實在意外。狗聞到了我的氣味，叫了一兩聲。

我想如果我能把牠引過來，或許我能殺了牠作為食物。我無論如何都要殺了牠，牠的叫聲會引來火星人。

我悄悄地靠近，輕聲說：「乖狗狗！」但牠猛地把頭往後一縮，轉身跑了。

我停下來仔細聽（**原來我沒有聾**），巨坑那邊沒有動靜，只有鳥拍動翅膀的聲音，以及嘶啞的鴉啼。

我靠在牆縫邊很久，但不敢撥開遮住缺口的紅色植物。有一兩次，我聽見輕微的踢踏聲，像是狗跑來跑去的聲音，從遠處的沙地那邊傳來。像是鳥會發出的聲音也多了起來。此外，沒有其他聲音了。終於，寂靜鼓舞了我，我撥開紅草往外看。

巨坑一片荒涼。除了一群烏鴉跳來跳去，爭搶火星人吃剩的殘骸，什麼活物都沒有。

我仔細觀察了一下各個方向，簡直不敢相信自己的眼睛。所有的機器都不見了。除了一大堆灰藍色的粉末、另一處的幾個鋁罐、烏鴉和屍骸，巨坑就只是沙地上一個空蕩蕩的圓坑。

我慢慢爬出長滿紅草的牆縫，站在碎石堆上。除了北面是房子，我能看清所有的方向。沒有一點火星人的蹤影。我的腳下就是巨坑，但還好沿著石堆有一個小小的緩坡，通往廢墟的最高處。逃跑的機會就這麼來了。我開始顫抖。

逃生的渴望戰勝了短暫的猶豫，我橫下心爬上埋了我這麼久的廢墟，心怦怦直跳。

我環顧四面八方。北邊也沒有火星人。

上次在白天來到辛的這個街區，街道兩旁綠樹掩映，散布著紅色和白色的房屋，賞心悅目。如今，我站在磚石和泥土堆上，周圍蔓延著仙人掌似的紅色植物，齊膝高，沒有往深處扎根。近處的樹木都死了，變得焦黃，但遠處還活著的樹幹上都布滿了紅色。

臨近的房屋均是斷壁殘垣，沒有火燒的跡象。有些圍牆還立著，幾處甚至有兩層樓高，不過玻璃和門都砸爛了。紅草在沒有屋頂的房間裡肆意生長。腳下的巨坑裡，烏鴉在爭搶殘羹冷炙。廢墟周圍還有一些其他的鳥在蹦躂。很遠處，有一隻骨瘦如柴的貓沿著牆腳偷偷地走。沒有人影。

或許因為在黑暗中困了太久，白天亮得刺眼，天空是灼熱的藍。微風吹拂，遍布每一吋荒地的紅草輕輕搖動。噢！這空氣多麼清甜！

第六章 十五天內的巨變

我在石堆上站了一會兒，搖搖晃晃的，沒有去想自己是否安全。當我還在那個令人窒息的洞穴裡時，擔心的只有眼前的安危，根本沒有想過外面的世界發生了什麼，沒有預料到這方圓幾里竟會變成如此模樣。我有預感辛會變成一片廢墟，但眼前的景象簡直是一顆陌生的星球，令人毛骨悚然。

那一刻的感受，已經超出了人類的情感範疇，只有被人類主宰的獸類才能體會。我彷彿是一隻想要回到洞裡的兔子，忽然遇到了十幾個忙著挖地基的工人。這種感受漸漸清晰起來，接下來的幾天都壓在我的心頭——我感到自己跌落了王座。我不再是誰的主宰了，只是火星人腳下眾多動物中的一種。在火星人眼裡，我們和其他動物沒有分別，都在躲躲藏藏，觀察防備，東奔西逃。人類的帝國和威嚴飄散在了風中。

這奇怪的感受很快被飢餓淹沒。我已經很久沒有進食了。我往巨坑的反方向看，發現在長滿紅草的牆壁後面，有一處沒有完全被掩埋的院子。我想那裡可能會有點東西，於是穿過齊膝甚至齊胸的紅草叢往那邊走。有茂密的紅草遮擋，我也稍稍放心了一點。牆壁大約六英尺高，我抬起腳想爬上去，可是最低的地方也搆不著。我貼著牆走，在牆角發現一堆石頭，這才爬上了牆，翻進了我垂涎已久的院子。院子裡有一些沒完全長大的洋蔥，兩三個劍蘭花的球莖，以及不少沒熟的胡蘿蔔，我照單全收。我爬過一堵坍塌的牆，在已變得猩紅的樹木間穿行——彷彿走在血染的大道上，朝邱園逃去。我的腦子裡只有兩個念頭：找更多食物，盡快逃離巨坑，逃離這個鬼地方。儘管我已軟弱無力，也要用盡力氣，能走多快就走多快，能逃多遠就逃多遠。

趕了一段路之後，我在一個草色稀薄的地方看到一些蘑菇，狼吞虎嚥地吃了下去。然後，我又蹚進淺淺一攤褐色的流水，這裡原本是草地。斷續的進食讓我越吃越餓。我起初還奇怪，在炎熱乾燥的夏季，居然有如此豐沛的流水，後來才發現，是喜熱的紅草瘋狂生長，才讓水漫了上來。這種植物一碰水便瘋狂發育、繁殖。它的種子一飄進韋伊河和泰晤士河就迅速生長，巨大的枝葉很快便堵住了河道。

我後來在普特尼見到一座橋幾乎被糾纏蔓延的紅草淹沒，里奇蒙的泰晤士河也漫上岸，使得漢普頓和特維克納姆的草地成了淺灘。水到之處，紅草也緊緊跟隨。泰晤士河谷中的那些被毀的別墅，很長一段時間都陷在了紅色的沼澤中。我前面探索的便是一處。火星人造就的廢墟，藏在了紅草之中。

紅草最後全都死了，死得和擴散時一樣迅速，據說是一種細菌導致紅草潰爛。由於天擇，地球上的植物對細菌有抵抗力，很難一下子就死於感染。但紅草死得很突然，像是已經死了的植物在腐爛。枝葉變得慘白，接著萎縮，一碰就碎。曾經滋養過它們的流水，裹挾著它們的屍骸流向大海。

言歸正傳，我當時見到水的第一反應，便是想解渴。我喝了很多，還在衝動之下啃了幾片紅草的葉子。葉子水分很多，可是有一種讓人反胃的金屬味。漫上來的水很淺，於是我決定蹚水，雖然紅草有些擋路。但靠近河流的地方，水明顯變深了，我只好轉身往莫特萊克的方向去。我一路踏過倒塌的別墅、籬笆、路燈，不久便走出了漫溢的水流，爬上山坡去羅漢普頓，來到普特尼公地。

眼前的景象終於從陌生、詭異變成了熟悉的那種破敗：地面上有幾處是被風暴破壞的，再走幾十碼甚至有幾幢安然無恙的房屋，百葉窗整齊地放下來，大門緊閉，彷彿只是主人出門了或者在睡覺。紅草稀疏了不少，路兩旁比較高的樹上沒有紅藤。我在樹叢裡找吃的，可是一無所獲。我進了幾戶沒動靜的人家，發現已經有人搶先一步，將那些房子洗劫一空了。我實在累得走不動了，只能在灌木叢裡待到天黑。

一路上我沒有遇見其他人，也沒見到火星人的蹤影。只有兩隻看起來就很餓的狗，在看見我靠近時遠遠地繞開了。快到羅漢普頓的時候，我看見兩具人骨頭——不是屍體，只有骨頭，被啃得乾乾淨淨。我在林子裡看到貓和兔子的骨頭，散落一地，還有一隻羊的頭骨。我撿了一些來啃，但實在啃不出什麼東西。

日落之後，我繼續上路，掙扎著往普特尼的方向走。現在回想起來，普特尼肯定已經遭到了火流的襲擊。離開羅漢普頓的時候，我在一個院子裡發現了許多沒有成熟的馬鈴薯，足夠我墊個肚子。院子在山坡上，往下走就是普特尼和河流。這地方在黃昏裡顯得尤為荒涼：近處焦黑的樹和磚石堆，山下帶著些許紅色的、漫溢的河流，以及籠罩一切的寂靜。這一片荒涼，竟然是短短幾天內的變化，一想到這裡，難以言喻的恐懼就向我襲來。

我甚至以為人類已經滅絕了，佇立在那兒的我，是僅存的人類。在普特尼山的山頂附近，我又見到了一具人骨，手臂落在幾碼開外。越往前走我就越堅信，除了像我這樣落單的人，這一帶的人已經被趕盡殺絕。我在想火星人是不是已經到其他地區去獵食了，留下這片只剩死寂的鄉野。或許他們正在柏林、巴黎大開殺戒，也可能往北去了。

第七章 普特尼山上的人

那晚我在普特尼山山頂的小旅館裡過夜。逃往萊瑟黑德之後，我第一次睡上鋪好的床。我破窗而入，結果發現是多此一舉。前門只是虛掩著，沒有上鎖。我翻遍了每間屋子找吃的，可是一無所獲。正當絕望之際，我在看起來是傭人的房間裡找到了被老鼠咬過的麵包皮和兩罐鳳梨罐頭。旅館已經被其他人搜得乾乾淨淨。後來我在吧臺找到一些餅乾和三明治，應該是之前的人沒看見。三明治完全腐壞了，沒法吃，但餅乾確實墊了一些肚子，還填滿了口袋。我沒敢點燈，怕火星人會在夜裡來這邊獵食。睡覺之前，我忐忑了好一會兒，從一個窗口悄悄走到另一個窗口，仔細觀察外面有沒有火星人的蹤跡。我沒怎麼睡著，躺在床上想這想那。自從和牧師吵最後一架以來，我已經沒有這樣思考過事情了。心裡一直只有各種此起彼伏的模糊感受。外界發生什麼，我就接受什麼。而那晚，大概是因為吃了點東西，我的頭腦清楚了不少，讓我重新開始思考。

我想的主要有三件事：牧師的死，火星人的行蹤，妻子的安危。第一件事並沒有激起任何恐懼或後悔。他死了就死了。想起來雖然極度不適，但我絕無一點懊悔。那時的我怎麼做，現在的我依舊會那麼做。被一步步逼得動手，是一連串意外的必然結果。我問心無愧，但那段回憶歷歷在目，縈繞心頭。寂靜的黑夜裡，我感到上帝離我很近。我在接受祂的審判，我唯一的審判，全因那一刻的暴怒和恐懼。我回想著和他的每一次對話，想到第一次遇見他，他蜷縮在我身邊，不顧我渴得要命，指給我看韋布里奇的濃煙烈火。我們一點也合不來，不可能互相照應。早知如此，我就該把他留在哈利福德。但那時的我並沒有料到，所以不是我的過錯。如今，我實事求是地寫下這段經歷。因為沒有第三個人看見，所以我本可以隻字不提，但我選擇寫下來，交由讀者去評判。

我好不容易才沒再去想牧師撲倒在地的畫面，開始想火星人和妻子。關於前者我毫無頭緒，想到了無數種可能。其實關於後者，也是一樣。想到這裡，那個夜晚忽然變得可怕起來。我祈禱火流擊中她，讓她不受折磨地死去。從離開萊瑟黑德那晚起，我就再也沒有祈禱過。歇斯底里的時候，我念過上帝的名字，但那跟異教徒念咒無異。而此刻我是真心實意地，在黑暗中、在上帝面前祈禱。就這樣，我度過了奇怪的一晚。最奇怪的是，天很快就破曉了。與上帝交談過的我悄悄走出旅館，就像是老鼠從藏身之處爬出來——在火星人眼裡，我比老鼠大不了多少，同樣是低等動物，想殺就殺。殺完了，或許他們也會毫無愧疚地向上帝祈禱。在這場大戰中，人類不知學到了哪些道理，但一定學到了憐憫，憐憫那些被我們主宰、受我們折磨的沒有智慧的生物。

早上天很亮，晴空萬里。東邊染著粉色的光，散落著小小的金色的雲朵。從山頂到溫布頓的路上，散落著週日晚向倫敦大逃亡的殘餘。有一輛兩輪小馬車，刻著「新莫爾登湯瑪斯．洛布蔬果店」，一個輪子摔爛了，旁邊還有一個丟棄的鐵皮箱。一頂草帽被踩進泥裡，泥已經乾硬了。西山山頂有一個打翻的水槽，周圍是沾了血跡的玻璃碎片。我走得很慢，不知道要走去哪裡。我心裡想的大概是萊瑟黑德，但我明白不太可能在那裡找到妻子。除非她們在萊瑟黑德遇難，否則肯定逃走了。但我依稀覺得，或許在萊瑟黑德能知道或者問到，薩里郡的人都往哪裡逃了。我想找到她。我想起她，想起其他人，就心痛不已，但我完全不知道怎樣才能找到她。我感受到了強烈的孤獨。從小旅館出發，我在高高低低的茂密樹叢裡前行，來到了溫布頓公地。廣闊的公地伸展在我的面前。

深色的土地上點綴著幾叢黃色的荊豆和金雀花，目光所及之處沒有紅草。我在空地的邊緣小心翼翼地走，走得很害怕。太陽升起來，光亮和活力傾瀉而下。我在樹叢中的一處溼地見到一群忙著逃跑的小青蛙。我停下腳步，注視著這群青蛙。青蛙對生存的渴望感染了我。過了片刻，我忽然覺得有誰在看著我，一回頭，發現有什麼東西躲在灌木叢裡。我定睛看，往前走了一步。「它」從草叢裡站起來，原來是一個握著短劍的男人。我慢慢地靠近，他站在那裡，一動不動地盯著我。

走近後，我看見他的衣服也和我一樣髒，滿身塵土，就像是被拖過了一條水溝。再近一些，我看到了水溝裡的那種綠色爛泥，混雜著乾了的灰褐色泥土和幾塊發亮的煤黑。黑色的頭髮蓋住了他的眼睛，臉上黧黑，也很骯髒。難怪我一開始沒有認出他。他下巴附近有一道血紅的傷口。

「停下！」在我離他大約十碼的時候，他喊道。於是我站住了。他的聲音已經啞了。「你從哪裡來？」他說。

我想了一下，打量著他。

「莫特萊克，」我說：「我被埋在飛行器旁邊的廢墟裡，最後逃了出來，逃到了這裡。」

「這附近沒有東西可以給你吃，」他說：「這是我的地盤。這座山頭到下面的河邊，往後到克拉珀姆，往前到公地邊緣。只夠一個人吃。你要去到哪裡？」

我語速很慢。

「我不知道，」我說：「我在一座塌了的房子埋了十三四天。不知道外面發生了什麼。」

他不太相信地看著我，忽然一驚，變了神情。

「我不打算留在這裡，」我說：「我要去萊瑟黑德。我妻子在那裡。」

他伸出手指著我。

「是你啊，」他說：「你是沃金的那個人。你居然逃出了韋布里奇？」

我也認出他來了。

「你是逃到我院子裡的炮兵啊。」

「運氣真好啊！」他說：「我們真是太幸運了！居然能再見到你！」他伸出手，我握住了。「我沿著下水道爬，」他說：「他們沒有殺光所有人。他們一走，我就穿過田野往沃爾頓逃。不過十六天不止這麼點事。你頭髮灰了。」他忽然扭過頭。「原來是隻白嘴鴉，」他說：「這幾天才知道原來鳥也有影子。這裡太開闊了。我們躲到灌木叢裡去聊。」

「你看見過火星人嗎？」我說：「自從我從廢墟裡爬出來——」

「他們走了，穿過倫敦，」他說：「可能他們在倫敦有更大的營地。有一天晚上，一整晚，漢普斯特德那邊的整片天都被他們的光照亮了。像是燈火通明的大城市。光亮裡你能看見他們走來走去。白天看不到。但最近，我已經有——」（他用手指數）「五天沒在那個方向見到他們了。後來我還見過兩個，在哈默史密斯那邊，抬著一個很大的東西。然後就是前天晚上——」他頓了一頓，語氣更加嚴肅了，「有很多燈光，是飛在天上的東西。我感覺他們在造可以飛的機器，在試飛。」

我們爬到了灌木叢裡。我的手撐著地，跪在地上。

「飛？」

「對，」他說：「飛。」

我躲進一小片樹蔭，坐在地上。

「人類完了，」我說：「如果能飛，他們可以滿世界跑了。」

他點點頭。

「他們會的。不過倫敦就能好一點。況且，」他看著我，「如果是人類要完了，你不覺得也就無所謂了嗎？我們已經完了，我們已經輸了。」

我盯著他看。聽起來很荒唐，可是沒有什麼不對。這麼明白的道理，我居然聽他說了才想到。我之前還帶著一絲模糊的希望。或者說，希望已經成了我的習慣。他重複地說著「我們輸了」，像是在宣判人類的命運。

「全完了，」他說：「他們只死了一個。一個！他們站穩了腳跟，毀了世界上最強大的武力，贏得輕輕鬆鬆。韋布里奇死的那個，只是個意外。這些還只是先遣部隊，還有更多的火星人在路上。那些綠色的流星，這五六天倒是沒看見，但我敢肯定降落在了其他地方，每一晚都有。走投無路了。已經輸了！我們已經輸了！」

我沒說話，呆呆地看著前方，想要找些反駁的理由，但想不出來。

「這根本不算是戰爭，」炮兵說：「從一開始就不是。跟人踩死螞蟻一樣。」

忽然我想起那晚在天文臺看見的流星。

「他們發射了十次。至少在第一個飛行器降落之前，只發射了十次。」

「你怎麼知道的？」炮兵問。於是我將那晚所見解釋給他聽。他想了片刻。「可能是發射器壞了，」他說：「但壞了又怎樣呢？他們會修好的。就算遲了，結局都是一樣的。還是人踩螞蟻。螞蟻建造城市，生活，打仗，革命，然後有一天人類要牠們走開，牠們只能走開。我們現在就是螞蟻，只不過是——」

「嗯。」我應了一聲。

「我們是可以吃的螞蟻。」

我們坐在那裡，看著對方。

「他們會把我們怎麼樣？」我說。

「我也在想，」他說：「一直在想。我從韋布里奇逃出來後往南走，就在想這個問題。周圍變得怎麼樣了，我心裡有數。大家拚命尖叫，歇斯底里。我不喜歡尖叫。我也有一兩次離鬼門關很近，但『阿兵哥』不是叫著玩的。死得再可怕，或再痛快，都只是死罷了。只有會思考的人才活得下來。所有人都在往南跑，我就想，那樣食物肯定不夠吃。於是我就調頭往回走，朝火星人的方向走，就像是麻雀自投羅網。完全是逆行，」

他的手朝天邊搖了搖，「他們整群整群地亂竄、踩踏、餓死……」

他看向我，話忽然停住了，似乎有些尷尬。

「不用說，很多有錢人逃到法國去了，」他說，好像在猶豫要不要道歉，然後看著我的眼睛，又繼續說：「這裡有很多吃的。店裡有罐頭。還有葡萄酒、白酒、礦泉水。但自來水已經停了，水管裡沒水。我又想，火星人是有智慧的，他們抓我們是拿來當食物。他們的第一步，就是打砸、毀滅——輪船、機器、大炮、城市、秩序、組織，都會被他們毀掉。如果我們真有螞蟻那麼小，或許還能活下來。可惜我們不是。他們太大了，我們根本阻擋不了。這樣的第一步，沒錯吧？」

我表示同意。

「沒錯的，我想通了。火星人走幾英里，就為了追一群逃跑的人。有一天我在旺茲沃思的郊外也看見一個，把房子砸爛了，在廢墟裡翻找。但他們不會一直這樣。一旦毀光了我們的大炮輪船，砸爛了所有鐵路，完成他們正在做的事，他們就會開始有計畫地捕殺我們，把最好的獵物關在籠子之類的東西裡。這是他們的第二步，不久就要發生了。老天，他們還沒真正要把我們逼上絕路呢！不是嗎？」

「沒開始？」我叫道。

「沒開始。到目前為止的一切悲劇，全是因為我們不知道保持安靜，淨幹些蠢事，拿槍炮煩他們，發瘋似的擁向並沒有安全多少的另一個地方。其實，現在他們並不在意我們。他們有自己的事要忙，製造那些沒法從火星帶來的東西，為更多的火星人飛來地球做準備。很可能這就是為什麼沒有飛行器再落下來的原因。怕砸到先來的。人類不該在這裡瞎跑、亂叫，或是準備炸藥，想靠運氣把他們炸死，而是要為新變化做好準備。這就是我的想法。不要去擔憂什麼人類的命運，要根據眼前的事實來思考。這是我一切行動的準則。城市、國家、文明、發展，都完了。遊戲結束了。我們輸了。」

「但如果真的完了，那活著還有什麼希望呢？」

炮兵盯著我看了一會兒。

「一百萬年左右的時間裡，永遠不會有該死的音樂會了。不會再有皇家藝術學院，不會再有餐廳裡那些精緻的餐點。拿來消遣的東西，都別再想了。如果有人講究什麼客廳禮儀，不喜歡用餐刀吃豆子，不喜歡說話吞音[1]，最好是做好心理準備。這些講究，以後什麼用都沒了。」

「你是說——」

「我這樣的人，會為了物種繁衍活下去。認認真真，只為了活下去。如果我沒錯的話，不久之後，你的本能也會暴露出來。人類不會滅絕的。倒不是說被火星人抓去馴養、餵食，長得膘肥體壯，十足像頭公牛。呸！想想那些褐色的畜生。」

「你的意思該不會是——」

「我就是這個意思。活下來，活在他們腳下。我已經計畫好了，想明白了。這一仗人類已經輸了。我們的知識太落後。得再多學一點知識，才有反擊的可能。我們得活下去，不被奴役，才能學習知識。對吧，必須這樣。」

聽著他講述自己的決心，我盯著他，一臉震驚，心裡翻江倒海。

「老天！你真是有想法！」我叫道，猛地抓住他的手。

「嗯！」他的雙眼炯炯有神，「我想得很明白，對吧？」

---

1 用餐刀將豆舀進嘴裡，以及說話時清楚地發出「h」這個音，在舊時被認為是有教養的表現。

「繼續。」我說。

「想要不被抓住，必須做好準備。我正在準備。要知道，不是所有人都能做野獸的。只有做野獸才不會被抓。所以我之前在觀察你，不放心。你太瘦了。我沒認出來是你，只聽見你說自己如何被埋。所有住在這些房子裡的人，還有那邊的那些店鋪裡的年輕員工，都不行，都怕得要死——沒有夢想，沒有渴望。這兩個都沒有，天啊，縮頭縮腦的。平常，他們匆匆忙忙地去上班——我見得多了——手上抓著早點，瘋子一樣跑去趕火車，用的是季票，生怕沒趕上車，就會被解雇了。上班的時候不思考，怕太費精力。下了班又匆匆忙忙趕回家，怕晚餐遲到。吃了晚飯待在家裡，怕巷子裡太亂。夜裡一起睡覺的老婆，當初跟他結婚不是因為喜歡他，而是因為他有點錢，能保兩人在悲慘又匆忙的小世界裡平安地生活。生活從此有了保障，也算是給未來的小災小難投資。禮拜天呢，投資給身後事。彷彿地獄是留給兔子的！好了，火星人簡直是上帝給他們最好的禮物。跟房間一樣舒服的籠子、長肉的食物、精心地繁育，無憂無慮。再逃一個禮拜，在田野裡跑餓了，他們就會回來，高高興興地被抓，不用多久就又過上開心的生活。他們會想，火星人飼養人類之前，人類都在幹些什麼呢。混酒吧的，勾搭女人的，唱歌的

——我想像得出來，想像得出來，」他的語氣帶著一種哀傷的滿足，「對他們來說，不存在什麼感情和信仰的淪喪。許多事情我以前只是看見了，這些天才真正看清楚了。很多人會接受豬頭豬腦的自己；很多人會覺得新的生活都是不對的，必須做點什麼來改變。有的人想要做點什麼，而有的人很懦弱，想得太多，以至於這也不敢那也不敢，催生了聽天由命的宗教，擺出一副虔誠、高等的姿態，聽從上帝的旨意，聽任上帝處置。你可能也見過這樣的人了。那是一時逃避的結果，卻好像把自己裡裡外外都洗白了。籠子裡會誕生出無數的讚美詩、聖歌和虔誠的心。更複雜一點的籠子，會帶點——怎麼說來著——情色。」

他頓了一頓。

「火星人很可能會把一些人當寵物養，訓練他們。誰知道呢，也許還會養小男孩養出感情，結果養大了又不得不殺。還有一些，可能會被訓練成殺手，用來追殺我們。」

「不會吧！」我叫道，「不可能！沒有人會——」

「這樣自欺欺人有什麼好處呢？」炮兵說：「有人殺同胞殺得可開心了。說沒有，那是胡說。」

我不得不接受他的論斷。

「如果他們來追殺我，」他說：「老天，如果他們來追殺我！」他的聲音輕了下去，開始嚴肅地沉思。

我坐在那裡思考他說的話，竟然想不到有什麼可以反駁他的推論。火星人來之前，沒人會懷疑我的思辨能力比他強——我是個專業而有聲望的哲學作家，他是個普通軍人，而他已經構想出了我根本沒想過的境況。

「那你怎麼準備？」片刻之後我問他，「有什麼計畫嗎？」

他猶豫了一下。

「是這樣的，」他說：「我們要做什麼？我們要創造一種新的生活，人可以繁衍生息，可以把孩子安全地養大。等等，我來組織一下語言，看看怎麼把我想的說清楚。馴化的人就會跟馴化的獸類一樣，過個幾代就會變得肥美多血，變成愚蠢的廢物。我們這些逃到野外的，恐怕會變成野人，退化成一種野蠻的大老鼠——我的意思是，人會住到地下去。我想過下水道。不瞭解下水道的人或許會厭惡。倫敦可是有千百哩長的下水道，下幾天雨，加上倫敦空了城，下水道一定乾淨得討人喜歡。骨幹寬敞得很，又通風，大家都能住。各種地下室、倉庫能挖逃生通道，和下水道連接起來。火車隧道、地鐵隧道，都可以。對吧？這樣說，你明白一些了？身體健康、頭腦清楚的人一起生活。我們不撿漂進來的廢物。弱者還是得出去。」

「就是你前面說的，我這樣的弱者？」

「我不是認錯了嗎？」

「好了我們不吵這個，你繼續說。」

「留下來的就要遵守規則。身體健康、頭腦清楚的女人也是要的，當母親和老師。只知道翻白眼的懶女人不要。絕不收留弱小愚蠢的人。生活又會現實起來，沒用又愛搗亂的拖油瓶只能去死。他們本就該死，要有自知之明，畢竟活著汙染種族，是對種族的背叛，他們活得也不開心。何況，死亡並不可怕，不敢面對死亡才會害怕死亡。人類要時刻待在一起，活動範圍不超出倫敦。甚至可以安排放哨，在火星人離開的時候跑去開闊的地方，做打板球之類的運動。這樣，人類才能活下去。怎麼樣？不是不可能吧？可是，活下去其實不算什麼。我說了，如果只是活下去，不過是當隻老鼠。更重要的是傳承和增長知識。所以，像你這樣的人就派上用場了。書啊、標本啊，都可以有。我們一定要在地底闢出非常安全的地方，把能搜集到的書都藏在裡面。不僅是小說詩歌這些讀著玩的，更要那些有想法的科學書。這方面你更懂。我們要去大英博物館，把這些書都挑出來。尤其是科學，一定要發展，要知道更多。我們還要盯著火星人，有些人得去做間諜。如果做好了準備，我也可以去。我是說，故意被抓。重要的是，我們不能去招惹火星人，連偷東西也不行。如果擋了他們的路，就讓開。必須讓他們知道我們沒有敵意。對，是很難。但他們很聰明。如果他們能得到想要的東西，覺得我們不過是一些無關痛癢的小蟲子，就不會把我們趕盡殺絕。」

炮兵暫停了片刻，褐色的手搭在我的手臂上。

「可能要學的東西，跟以前不太一樣了。想想看，四、五臺戰鬥機器忽然一齊發動，左右噴火流，裡面坐著的不是火星人。不是火星人，是學到了知識的地球人！甚至有可能，我有生之年就能看見。想像一下，如果人類有了那樣一臺好東西，可以到處噴射火流！想像一下操控那機器的感覺！如果能打那麼一場仗，最後就算粉身碎骨又如何呢？到時候，火星人一定會睜大了他們的眼睛！能想像得到吧？能想像得到他們氣喘吁吁地亂竄，呼叫其他的機器，結果所有機器都壞了。『颼颼』的發射聲，『砰砰』的爆炸聲，『嗒嗒』的炮火聲。笨手笨腳的他們還沒反應過來，火流就『颼』地一下擊中了他們。睜大他們的眼睛看看，地球人又回來了！」

炮兵大膽的想像、深信不疑的語氣完全主導了我的思緒。我毫不猶豫地贊同了他對人類命運的預測和那驚天計畫的可行性。你可能覺得我是個天真好騙的笨蛋，但你要設身處地地想一想：你在安靜沉穩地讀書，思考炮兵的暢想；我惶惶不安地窩在灌木叢裡，一邊聽著炮兵說話，一邊擔心附近有危險。我們就這樣聊了一整個早晨，然後悄悄地爬出灌木叢，確認了遠處沒有火星人之後，趕緊逃到了他在普特尼山上的藏身之處。那是一個煤窖。我看見了他最近一週的工作成果——一條挖了不到十碼長的地道，計畫通向普特尼山下的主下水道。我算是稍稍認識到了他的美好夢想和實際能力之間的鴻溝。就這樣一個地洞，我一天就能挖出來。但我信任他，於是和他一起挖了一上午。我們有個院子裡常用的那種獨輪小推車，把挖出來的土堆在廚房的爐灶邊。當中休息的時候，我們在隔壁的食品儲藏間找了一罐牛骨湯和一點葡萄酒。踏實的勞動竟使我一時忘卻了外面殘酷又怪異的世界，心寬了不少。我一邊挖，一邊仔細想了想他的計畫，心中雖有異議和疑慮，但依舊工作了一上午。畢竟找到了一點目標，讓我很高興。挖了一個小時以後，我推測了一下要挖多少才能挖到下水道，以及有沒有可能挖錯方向。我最大的困惑，是我們為什麼要挖這條長長的地道，而不是從某個窨井進去，然後朝著房子往回挖。房子的位置也並不理想，讓地道繞了不少。正當我想著這些事情，炮兵停下了手中的工作，看著我。

「我們進展得很順利，」他一邊說著，一邊放下鐵鍬，「休息一下吧。正好可以去屋頂上偵察一下。」

我傾向於繼續，他猶豫了一會兒，又拾起鐵鍬。我忽然想到了什麼，於是停了下來，他也立馬停下了。

「你為什麼要去公地上呢，」我問他，「既然可以待在這裡。」

「呼吸一下新鮮空氣，」他說：「遇到你的時候，我正打算回來。晚上回來比較安全。」

「那這挖地道的工作怎麼辦？」

「人不能一直工作。」他說。我瞬間明白了他是怎樣的一個人。他遲疑了一下，手裡還握著鐵鍬。「我們得偵察一下了。如果附近有火星人，他們會聽見鐵鍬的聲音。等他們過來就來不及了。」

我無意再反對，和他一起上了頂樓，站在從頂樓的門伸出去的梯子上，悄悄往外面看。視線所及，沒有火星人。於是我們冒險走上瓦片，然後滑到了女兒牆下。

從這裡看，普特尼被一大叢灌木擋住了，但能看見低處的河流，河裡是茂密的紅草。蘭貝斯的低地已經被淹了，變成了紅色。蘭柏宮周圍的樹上爬滿了紅藤。枯死的樹枝從簇擁的藤蔓裡伸出來，上面還有枯萎的樹葉。無論是紅草還是紅藤，水流到哪裡，它們就長到哪裡，實在神奇。在我們附近，兩種都沒有扎根。月桂和繡球花裡，混雜著金鏈花、粉紅的山楂花、雪球花和側柏，在陽光下綠意盎然。肯辛頓那邊有濃煙升起，伴隨著藍色的薄霧，遮住了北邊的山巒。

炮兵開始講那些留在倫敦的人。

「上週，」他說：「一些沒腦子的把電燈修好了。從攝政街到皮卡迪利廣場，一片雪亮。塗脂抹粉、衣服破爛的醉鬼，男的女的都有，在那裡唱歌跳舞，一直到天亮。一個當時在場的男人跟我說的。天亮的時候，大家才發現朗廷酒店附近有一臺戰鬥機器俯視著他們。天知道它在那裡盯了多久了。一定嚇得不少人調頭亂竄。那機器追著人群，抓了大概一百個醉得跑不動或是怕得跑不動的人。」

這怪異的一瞬，大概沒有歷史肯花筆墨去寫吧。

然後，為了回答我之前的問題，他又說回了自己的宏偉計畫，越說越激動。他描述著如何捕獲一臺戰鬥機器，說得煞有介事，我差點又信了。但我已經明白了他是怎樣一個人，甚至預想到了他的話會落腳在「不能貿然行動」。聽他的意思，屆時對抗戰鬥機器，並把它抓捕起來的人，就是他自己。

過了一會兒，我們回到了煤窖。兩人都沒有心思繼續挖地。他提議吃點東西，我欣然同意了。他忽然慷慨起來，吃完飯後拿來一些很好的雪茄。我們點火抽菸，他的樂觀也在火光中閃耀。他覺得有我加入值得慶祝。

「地下室裡還有香檳。」他說。

「喝了這個泰晤士勃根地就足夠有力氣挖地了。」我說。

「不行，」他說：「今天我是主人。開香檳！老天！眼前的工作太不容易了。趁現在還能休息，我們就休息一下，恢復一下體力。你看，我的手都磨出水泡了！」

既然是慶祝，他還提議打牌。他教我打尤克牌。我們把倫敦劃成兩塊，我北他南，拿教區當籌碼。可能你會覺得又怪又蠢，我們當時確實是這麼玩的。我自己都沒料到，我們打的幾種牌居然有趣極了。

人心真是奇怪啊。在整個物種瀕臨滅絕，或即將淪為奴隸的時刻，在毫無光明的前路、只有死路一條的時刻，我們居然能在自己畫的紙板上玩牌，玩得還挺開心。後來他教我玩另一種，我還贏了三盤勢均力敵的棋。天黑下來，我們打算冒險點燈。

玩了一連串的遊戲之後，我們又喝了點酒，炮兵把香檳喝完了。然後我們抽雪茄。他不再是我早上遇到的那個懷抱一腔熱血，立志延續人類種族的人了。他依舊樂觀，但沒有那麼興奮了，好像變成了更理性的樂觀。我記得他最後聊的是我的健康，中間穿插了不少其他話題。我拿了一支雪茄，上樓去看他提過的高門山那邊的綠光。

一開始我漫無目的地看著倫敦那邊的河谷。北部的群山被黑暗籠罩；肯辛頓的火發著紅光，不時有橘紅色的火苗躥上來，消失在靛藍色的夜裡；其他地方，一片漆黑。然後我注意到近處閃著一點光亮，淡淡的紫紅色，在夜風中顫抖。我一時沒想到那是什麼，後來才想到，那微光一定是紅草發出來的。一想到這裡，我的好奇心、感知力全醒過來了。我看了看那光，又看看高懸在西邊天空的火星，又紅又亮。後來我盯著漢普斯特德和高門山看，眼光熱切，看了很久。

我在頂樓待了好一會兒，回想這一天種種荒誕的變故。從半夜祈禱到愚蠢的撲克遊戲，我的心境也隨之劇變。想起這些，我感到一陣強烈的噁心，像是為了證明什麼似的把雪茄給扔了，儘管什麼用也沒有，只是浪費罷了。一反省自己，愚蠢被放大了好幾倍。我覺得自己背叛了妻子、背叛了人類，悔恨懊惱。我決定離開這個沒有自制力的夢想家，隻身去倫敦，由他去幻想宏偉的未來、由他去享受吃喝。我想只有去了倫敦城裡，才能知道火星人在幹什麼、我的同胞在幹什麼。月亮在後半夜升起來，我依舊在頂樓坐著。

第八章 死城倫敦

和炮兵分道揚鑣之後，我下了山，穿過普特尼橋彎進富勒姆的高街。紅草肆無忌憚地蔓延，幾乎阻斷了橋的路面，但已有幾叢的葉片染病發白。這種病在不久後就讓紅草消失了。

在通往普特尼橋站的小路上，我看見一個人躺在轉彎的地方。他黑得就像是一把掃了黑土的掃帚，活著，但已經醉得無可救藥。問他只能問出一堆髒話，惹得自己生氣。要不是因為那凶惡的表情，我會留下來陪他。

從橋面開始，路上就出現了黑色的塵埃，富勒姆的地面上更厚。街上寂靜得可怕。我在一家麵包店裡找到了吃的。麵包雖已發酸發硬，還發了霉，但還能吃。走到臨近沃勒姆格林的街上，黑色的粉末漸漸消失。我經過一排正在燃燒的白色排屋，火燒的聲音讓我鬆了口氣。繼續往布朗普頓走，街道又安靜下來。

到了布朗普頓，黑色粉末又出現了，還躺著許多死人。整條富勒姆路有十一二具屍體。他們死了好幾天了，所以我加快腳步走過。黑色粉末也覆蓋了他們，稍微修飾了他們的慘狀。有一兩具還被狗翻過。

在沒有黑塵的地方，彷彿只是普通的週日：店鋪休息，房屋緊鎖，百葉窗拉上，萬籟俱寂，不見人影。有些地方已經遭了劫掠，大多是食品店和酒坊。一家珠寶店被小偷砸破了窗，但顯然離開的時候出了岔子，許多金錶鏈和一塊手錶散落在人行道上。我根本沒想去撿。往前走，我看見一個衣衫襤褸的女人，在門前的臺階上蜷作一團。搭在膝蓋的手上有一道傷口，血流到鏽褐色的裙子上。人行道上有一瓶碎了的香檳，酒變成了一攤水窪。她看起來像是睡著了，其實已經死了。

越往城裡走，周圍就越寂靜。但那不是死亡造成的寂靜，而是懸而不決的寂靜，像是暴風雨之前的平靜。西北邊已燒成焦土，伊靈和基爾伯恩已被夷為平地，同樣的毀滅隨時有可能降臨在這裡，讓一座座房屋變成只剩青煙的廢墟。這座城市彷彿被判了死刑，荒無人煙。

南肯辛頓的街道沒有黑塵，也沒有死屍。快到那裡的時候，我聽見一聲幾乎難以察覺的嚎叫，間隔一會兒就發出兩個音，「嗚啦，嗚啦，嗚啦，嗚啦」，像是有誰在不停地嗚咽。當我經過往北的街道時，聲音響起來，但不一會兒又消失，似乎是被房屋阻隔的緣故。聲音是穿過展覽路傳來的。我停下腳步，朝肯辛頓花園那邊望，想知道這詭異又遙遠的嗚咽聲究竟是從什麼地方發出來的，彷彿是成排成排的房屋在恐懼和孤寂中哭泣。

「嗚啦，嗚啦，嗚啦，嗚啦」，鬼魅般的哭聲像潮水一般灌入寬闊又明亮的馬路，在夾道的高樓之間起伏。我驚訝極了，轉向北邊，朝海德公園的鐵門走去。我有點想闖進自然歷史博物館，爬上塔樓俯瞰公園，但最終決定貼著地面走，畢竟藏身比較方便，於是繼續沿著展覽路往前。兩側所有的大廈都空無一人，平靜無聲，我的腳步甚至都能在樓面上發出回音。走到盡頭的公園大門附近，眼前出現了奇怪的景象：公共馬車翻倒在地，馬只剩一副骨架，肉被剔得乾乾淨淨。我看了一會兒，想不通發生了什麼，然後走上了九曲湖上的橋。嗚咽聲越來越大，但公園北邊的屋頂上什麼也沒有，只有西北面飄著一點煙霧。

「嗚啦，嗚啦，嗚啦，嗚啦」，聲音不斷飄來，好像源頭是攝政公園。淒涼的響聲讓我心緒不寧。支撐我一路的心情消散了，滿腦子都是嗚咽聲。我很疲倦，腳很酸，飢餓和口渴也捲土重來。

時間已過正午。我為什麼會在這死城裡遊蕩？為什麼整座倫敦城已裹上黑色的屍布，躺進棺槨，而我孤身一人？一瞬間，孤獨讓我難以承受。我想起那些好幾年沒有記起過的老朋友，想起藥店裡的毒藥，想起酒商藏的酒，想起在絕望中爛醉的兩個人——整個倫敦只有我們活著。

我從大理石拱門拐進牛津街，這裡又出現了黑塵和幾具屍體。從許多房子的地下室裡，穿過格柵門，飄來一種邪惡而不祥的氣味。在太陽底下走了這麼久，我口很渴，於是費了好大的勁進了一間酒館，找到一些吃的喝的。吃完後我筋疲力盡，走進吧臺後的包廂，睡在一張黑色的馬毛沙發上。

醒來的時候，那嗚咽聲依舊響著：「嗚啦，嗚啦，嗚啦，嗚啦……」現在已是黃昏，我在吧臺裡翻出一些餅乾和一片乳酪。放肉的櫃子裡只有蛆。然後我穿過幾個安靜的社區和廣場——我叫得出名字的只有波特曼廣場——來到貝克街。在遠處的樹林裡、在清澈的餘暉中，我看見了火星人的大罩子。哀鳴聲就是從那裡傳來的。我沒有害怕，好像看見他是理所當然的事情。我盯著他看了一會兒，他一動不動，好像只是站在那裡喊叫，也不知道為什麼叫。

我試著盤算接下來該怎麼辦。「嗚啦，嗚啦，嗚啦，嗚啦」的聲音不絕於耳，攪亂我的思緒。或許我太累了，已經沒有力氣害怕。比起害怕，我更好奇他為什麼發出這單調的喊聲。我轉過身，朝著與公園相反的方向走到公園路上去，想繞著公園的周邊，在排屋的掩護下，找個地方觀察那個在聖約翰伍德那邊駐足哀號的火星人。走出貝克街兩百多碼，我忽然聽見幾隻狗在叫，然後看見一隻狗叼著一塊已經腐壞的紅色的肉，朝我這邊跑來，後面追著一群飢腸轆轆的雜種狗。牠繞了很大一圈避開我，像是害怕我加入競爭者的行列。當狗叫聲逐漸消失在安靜的街道裡，「嗚啦，嗚啦，嗚啦，嗚啦」的聲音又響起來。

還沒走到聖約翰伍德站，我就撞見了一臺壞了的操作機器。乍一看我以為是一幢房子倒在路中央了，爬上去才看見，在一堆廢墟裡，有機械「參孫」彎折、破碎、變形的觸手，頓時嚇了一跳。機器的前半部分完全碎了，像是一頭撞到了路邊的房子上，被坍塌的房子砸倒在地。我當時想，會不會是這臺操作機器不聽火星人使喚了。我不能爬進廢墟裡去仔細看，並且天色暗了不少，所以沒看見那塗滿了血的座位，以及被狗啃剩下的火星人的軟骨。

但眼前所見的一切依舊令我驚奇。我繼續朝櫻草花山的方向走。透過樹林的缺口，我看見遠處有另一個火星人，和第一個一樣，一動不動，在動物園那邊的公園裡，不過沒在嗚咽。在摔爛的操作機器那邊，我又看見了紅草。攝政運河裡也漂滿了這種海綿似的深紅色植物。

過橋的時候，「嗚啦，嗚啦，嗚啦，嗚啦」的聲音戛然而止，像是被什麼打斷了。突如其來的安靜像是青天裡的霹靂。

暮色中朦朧可見周圍的高樓，公園那邊的林子已變成黑影。紅草在廢墟中蔓延，昏暗中看起來像是極力扭動著，想要高過我的頭頂。孕育恐懼和神祕的夜將我包圍。嗚咽聲倒是緩解了一點孤獨，讓人覺得倫敦並沒有完全死去。身邊瘋長的生命也給了我一點支撐。忽然，附近有東西飄過——我不知道是什麼，而後四周陷入了寂靜。什麼也沒有，只有荒涼的寂靜。

倫敦的黑夜像幽靈一般凝視著我。白色房子的窗戶像一具具骷髏的眼窩。似乎有無數的惡魔在我周圍悄然無聲地潛行。恐懼使我無法動彈，不敢再貿然往前。眼前的路變得烏黑，像是澆上了一層瀝青。我依稀看見路中央躺著一個形狀扭曲的東西。我不敢再向前邁步，就沿著聖約翰伍德路往基爾伯恩跑，逃離這令人窒息的安靜。我躲到哈羅路上一個供出租馬車車夫休息的棚子裡，避開黑夜和寂靜，一直待到了後半夜。天快亮的時候，我又鼓起勇氣，頂著星空朝攝政公園走去。我在街巷中迷了路，繞了好一會兒，終於藉著微弱的晨曦，看見一條大道的盡頭出現了櫻草花山的曲線。山峰之上矗立著第三個火星人，高大的身影聳入漸漸黯淡的繁星。他和之前見到的幾個一樣，一動不動。

我做了一個瘋狂的決定。我可能是去送死。這樣也好，甚至免了自殺的麻煩。我不顧一切地朝那個巨人跑去。當我更加靠近時，在愈發明亮的晨光裡，我看見許多黑鳥繞著火星人的罩子盤旋。我的心一緊，繼續往前跑。

太陽升起之前，我穿過爬滿了聖艾德蒙排屋的紅草叢（**蹚過從阿爾伯特路的自來水廠奔湧過來的齊胸深的水**），來到一片草地上。山峰周圍簇擁著許多高大的土堆，形成了巨大的堡壘。這是火星人修築的最後一個營地。土堆後面升起薄煙，飄向空中。靠近天邊的地方出現一隻狗，跑得很急，一會兒便消失了。我心裡一閃而過的念頭變得真實起來，似乎並非妄想。我一路跑上山，朝一動不動的火星人跑去，心裡不再害怕，興奮得發抖。幾條褐色的東西從罩子裡垂下來，飢餓的鳥群爭著啄食、拉扯。

不一會兒我就爬上了土堆，俯瞰堡壘的內部。裡面空間很大，四處停放著各種巨大的機器，還有成堆的零件、材料，以及奇怪的棚子。散落在堡壘裡的——一些在翻倒的戰鬥機器裡，一些在已經僵硬的操作機器裡，還有十幾個成排躺在一起，淒涼寂靜，是火星人！死了的火星人！病菌殺了他們，像殺死紅草一樣。對於病菌來說，他們的生理系統赤手空拳。摧毀了人類強大的武器之後，他們被英明的上帝創造的、地球上最卑微渺小的東西殺死了。

要不是被恐懼和災難蒙蔽了頭腦，包括我在內的許多人早該想到這個結局！這些病菌在亙古以前就是人類的天敵，在萬物誕生之初就是人類始祖的天敵。隨著天擇與生物進化，人類形成了抵禦的能力。遭到任何病菌侵入，人類的身體都會反擊，即使不能戰勝也要戰鬥。許多致死的病菌，人類已經完全免疫。但火星上沒有細菌。這些侵略者毫無防備地來到地球，毫無防備地在這裡獵食飲血，我們微小的盟軍便開始反擊。我見到他們的時候，他們的命運就是註定的。他們在地球上來回奔走的時候，就已經在腐壞、在走向死亡。這是無法改寫的結局。人類用進化史上十億的犧牲，才換來今日天生主宰地球的權利。無論是誰來侵略，這個權利都無法剝奪。即使火星人再強大十倍，也不能改變這個結局。因為沒有一個人是白白犧牲的。

五十個左右的火星人橫七豎八地躺在大坑裡。這一次的死亡與任何死亡一樣，也一定讓他們困惑不解。其實當時的我並不明白。我只知道，這些曾經活生生的東西、屠殺人類的東西，此時全都死了。恍惚間，我以為辛那赫里布[1]屠城的歷史又重演了，以為是上帝發怒，派死亡天使在夜裡殺了他們。

我盯著巨坑看，心裡彷彿被聖光照亮，升起的太陽用灼熱的光將周圍的世界點燃。巨坑裡依舊昏暗。那些威力無比、精密絕倫、形狀神祕複雜的機器，以怪異的姿勢躺在陰影裡，等著日光照亮模糊的身影。腳下傳來許多狗叫聲，牠們在爭搶巨坑深處的屍體。對面的邊沿是火星人的飛行機器，又平又寬，形狀奇怪。在腐壞和死亡來臨之前，

1 辛那赫里布（Sennacherib），亞述帝國的君王，西元前八世紀至西元前七世紀在位，征伐不斷。西元前六八九年，辛那赫里布進攻巴比倫城並毀滅了整座城。

他們還在試驗這臺機器，想要在密度更大的地球大氣中飛行。死神降臨得太及時，晚一天都太遲。我隨著一陣呱呱的叫聲抬頭看，看見佇立在櫻草花山的山頂上再也不能戰鬥的巨型戰鬥機器，以及從翻倒的座位上掛下來的凌亂的血肉。

我轉頭往山下看那兩個我昨晚看見的火星人，此時已經被鳥群圍住了頭。我看見他們的時候，他們已經死了吧。向同伴哭喊的那個可能是最後一個死的，他的喊聲持續不斷，直到機器耗盡能量。他們已不再構成任何威脅，只是一座座三腳的金屬高塔，在陽光下閃耀。

千城之母倫敦環抱巨坑，在曾經似乎永不會結束的浩劫中奇蹟般地活了下來。只見過被灰煙籠罩的倫敦的人，實在難以想像這萬千房屋在寂靜的荒涼中如此赤裸的清澈與美麗。

東邊，在阿爾伯特排屋焦黑的廢墟和教堂破碎的尖頂那邊，耀眼的太陽在無雲的天空中燃燒。荒涼之中，有幾個屋頂反射陽光，發出雪白的光亮。

北邊的基爾伯恩和漢普斯特德一片淺藍，擠滿了房屋；西邊，城市的中心還沒有從昏暗中甦醒；南邊，在比火星人更遠的地方，攝政公園的綠浪、朗廷酒店、阿爾伯特音樂廳的穹頂、帝國理工學院、布朗普頓路的大宅子，全都小小的，在陽光下清晰可辨。更遠處，隱約可見西敏高低不平的廢墟。再往遠處看，就是薩里郡藍色的山影。水晶宮的兩個塔樓像銀針一樣閃著光。損壞的聖保羅大教堂的穹頂在日光下變成了深色，西側開了一個很大的洞，之前都沒注意到。

我看著廣袤大地上星羅棋布又寂靜無人的房屋、工廠、教堂，想起為了建造它們傾注的無數希望、努力，甚至犧牲的生命，卻在旦夕之間遭到無情的毀壞。黑影終將褪去，世人又會回到這些街道裡生活，這座暫時失去了生機的親愛的大城市，會重新恢復生命與活力。想到這裡，我心裡一陣湧動，差點落下淚來。

非人的折磨已經結束了。甚至就在同一天，世界開始痊癒。散落在全國的倖存者——沒了政府、法律和食物，就像沒有了牧羊人的羊群——以及越過大洋遠走他鄉的人，都會陸續回來。生命的脈搏會越來越強烈，在空無一人的街道裡、廣場上重新振動起來。無論造成了怎樣的毀壞，破壞者的手已無法動彈。枯槁的廢墟、燒得只剩框架的焦黑房屋，此時正憂鬱地望著山坡上被陽光照亮的草地，但過不了多久，那些地方就要重建，就要響起錘子、瓦刀乒鈴乓啷的回音。於是我將雙手伸向天空，開始感謝上帝。

再過一年，只要再過一年……

頃刻間，我又想起我自己、想起妻子，想起原本生活裡的那些希望、那些溫柔的互助——所有的這些，久違了。

第九章 殘骸

接下來要說的事，是整個故事裡最離奇的。或者說，當中部分比較離奇。那天，我站在櫻草花山的山頂，啜泣著讚美上帝——這些記憶冰冷又清晰，但後來發生了什麼，我卻記不得了。

關於之後的三天，我完全沒有記憶。後來才知道，我並非發現火星人覆滅的第一個人。幾個像我一樣流浪到倫敦的人在前一晚就發現了。我躲在車夫棚裡的時候，第一個發現的人去了聖馬丁勒格蘭德教堂，給巴黎發了電報。好消息很快就從巴黎傳到了世界各地。無數因恐怖的災難而沉寂的城市，瞬間燈火通明，沸騰狂歡。當我站在巨坑邊的時候，都柏林、愛丁堡、曼徹斯特和伯明罕已經收到了消息。聽說大家都喜極而泣，歡呼雀躍，停下手中的事，握手、呼喊，乘火車（克魯這麼近的地方也不例外）趕往倫敦。教堂的鐘兩個禮拜沒敲了，收到了喜訊之後，整個英格蘭的鐘都響了起來。臉頰瘦削、衣衫不整的民眾騎著自行車，軋過每一條鄉間小道，向絕望、憔悴、瞪著大眼睛的其他人宣告這個意外的消息。還有美食！海峽兩岸、愛爾蘭海兩岸、大西洋兩岸，鬆了口氣的民眾撕咬著玉米、麵包和肉。所有的船都在往倫敦開。但這一切，我都不記得。我好像失了心智，漂流到了某個地方。醒來的時候，屋子裡的人都很親切。那是第三天，有人發現我在聖約翰伍德路上一邊閒晃一邊哭喊。他們說，從看見我起，我就唱著蹩腳的打油詩：「最後一個活著的人！耶！最後一個活著的人！」他們儘管有很多事要忙，還是不怕麻煩地把我帶回去，讓我有個地方休息，並且不至於傷害自己。我很感激他們，但請恕我不在此處一一列出他們的名字。在我沒有記憶的那幾天裡，他們聽我講述了一些經歷。

等我的心智恢復了平靜，他們將萊瑟黑德的事委婉地告訴了我。在我被困了兩天的時候，一個火星人將萊瑟黑德的所有人都殺死了。整個小鎮被夷為平地，毫無預警，像一個男孩破壞螞蟻窩那樣，單純只是憑藉威力任性而為。

我孤身一人，他們很照顧我，忍耐我的孤獨和悲慘。康復之後，我多待了四天。那段時間裡，我隱約有一種渴望，想再看一眼過去那快樂而明亮的生活，還殘存多少。這種渴望日益強烈。他們勸我，不要企圖在悲劇裡品嘗到甜美，那是沒有結果的妄想，他們想盡一切辦法來幫我擺脫這種病態的心境。最後我實在難以自已，與這些認識了四天的朋友含淚分別，真誠地答應會回來找他們，再次走上了那前幾日還黑暗、詭異，而空蕩蕩的街道。

此時的街道上有許多返回倫敦的人，甚至有幾家店鋪重新開張，飲水池已重新出水。

重回沃金老家的朝聖之路是憂鬱的，但我記得陽光十分明媚，像是在嘲笑我，記得周圍的街道多麼擁擠、生活多麼生動。到處都是來到戶外的人，做著千百種事情——多麼不可思議啊！本會有更多人死在火星人手裡。然後我注意到，我所見的人都皮膚枯黃，男人有的鬚髮雜亂，睜著明亮的大眼睛，有的依舊穿著骯髒的破布。他們的表情不外乎兩種，不是充滿歡欣與活力，就是嚴肅而堅定。如果不看表情，倫敦就像是一座流浪漢之城。各個教區會給所有人分發法國政府送來的麵包。幾匹可憐的馬已經餓得連肋骨都突出來了。每個街角都站著特別警察，戴著白色徽章，面容憔悴。一直走到威靈頓街，我才看到火星人破壞的痕跡。那裡的紅草爬上了滑鐵盧橋的橋墩。

橋頭下，有一處在這個詭異的時期裡對比最強烈的景象。一張紙招搖地壓在一叢紅草上，用一根木棍釘住。那是一個看板，宣告第一家恢復印刷的報紙——《每日電訊報》。我在口袋裡找到了一枚漆黑的先令，買了一份。大多數是空白頁，只有末版用廣告的樣式排印了一些奇怪的內容，純屬獨自工作的排版工人的自娛自樂，帶著強烈的情緒，新聞並沒有恢復往日的運作。報紙沒什麼新鮮事，除了說短短一週內，對火星人的機械的分析已經有了令人震驚的結果，聲稱「飛行的祕密」已經找到，諸如此類，儘管我當時並不相信。滑鐵盧站有免費的火車送大家回家。第一波人潮已經過去了，車裡沒什麼人，不過我也沒心情閒聊，找了一節沒人的車廂坐下，雙手抱在胸前，哀傷地看著陽光下的廢墟在窗外徐徐經過。剛出站，火車在臨時鋪設的一段鐵軌上震了一下。鐵路兩邊的房子都成了焦黑的磚石堆。儘管下了兩天的雷暴雨，克拉珀姆轉運站附近還是髒兮兮的，沾滿了黑煙的粉末。這裡的鐵路也壞了一段。幾百個沒了工作的辦公室員工、店鋪夥計和挖土工人在一起工作。在匆忙鋪設的路段，火車又震了一下。

沿線的鄉村全都變得荒涼、陌生。溫布頓毀壞得最為嚴重。沃爾頓因為有松樹林保護，似乎是損壞得最輕的。旺德爾河、摩爾河這些小河裡長著成堆的紅草，樣子介於屠夫的肉塊和醃漬的捲心菜之間。薩里郡的松樹太乾，所以沒有紅藤裝點。從火車上可以望見比溫布頓更遠的育苗場上，有幾個土堆，圍繞著第六個飛行器。許多人站在那裡，一些工兵在坑裡。坑上插著一面米字旗，在晨風中歡樂地撲撲作響。紅草所及之處一片深紅，蔓延的青紅與紫色的陰影交錯，看起來十分刺眼。從近處燒焦的灰色和沉鬱的紅色往遠處看，是東邊山巒溫柔的藍綠色，眼睛這才有了些慰藉。

沃金站靠近倫敦那邊的鐵路還在搶修，所以我在拜弗利特下車，走去梅布里，經過了我和炮兵與騎兵交談的地方、我在雷暴中第一次看見火星人的地方。好奇心使然，我轉向路邊，在繁雜的紅草堆裡找到了摔得變形的小馬車，馬的骨頭被啃過了，已經發白，散落四處。我站在那裡看了好一會兒。

然後我走進了松樹林，到處是和脖子一樣高的紅草。我發現「斑點狗」的老闆已經被埋了，於是朝著阿姆斯學院和家的方向走。一個開著門的農舍門口，有一個男子和我打招呼，叫了我的名字。

我看了看我的房子，心裡有一瞬間的希望，但很快熄滅了。門被撬開了，虛掩著，我靠近的時候緩緩打開。

砰的一聲，門又關上了。書房的窗簾飄到了外面，我和炮兵曾在那裡看著天一點點變亮，後來再也沒有人把窗關上。撞倒的灌木叢和我四週前離開的時候一模一樣。我跌跌撞撞地走進客廳，屋子裡空蕩蕩的。樓梯腳的地毯皺著，在雷暴裡淋得渾身溼透的我曾蜷縮過的地方褪了顏色。樓梯上有我們上樓的泥腳印。

我循著腳印上樓，來到書房裡。寫字臺上是我的透石膏紙鎮，壓著在飛行器打開的那天下午寫的稿子。我站在桌旁，讀了一會兒沒寫完的文章。那是一篇論文，說的是文明進程中可能發生的道德演變，最後是我的預測：「在未來兩百年，或許可以預想——」只寫了半句，便突兀地結束了。我記得那天早上我心緒不寧，離現在居然還不到一個月。我記得我如何放下筆，開門去拿報童送來的《每日紀事報》。我記得我如何下樓，走到院子的門邊，報童正過來，跟我說了那離奇的「火星來客」。

我下樓走進飯廳，那裡有羊肉和麵包，都已經壞得不成樣子，還有一個倒下的啤酒瓶。這些都是我和炮兵離開時的模樣。我的家滿是荒涼。我這才知道，我心中那懷抱已久的希望，是多麼愚蠢。然後，離奇的事情發生了。「那樣沒有意義，」傳來一個人的說話聲，「房子裡沒人的，十天了都沒人來。別待在這裡折磨自己了。你是唯一一個逃出來的。」

我嚇了一跳。是我在自言自語嗎？我轉過頭，身後的落地窗開著。我走到窗邊往外看。

院子裡，和我一樣滿臉震驚與害怕的，是我的親戚和我的妻子。我的妻子臉色蒼白，沒有哭，只是輕輕叫了一聲。

「我說要來，」她說：「我就知道，就知道……」

她把手貼在脖子上，就要暈過去。我一個箭步，將她擁入懷中。

第十章 後記

故事來到尾聲。我的敘述未能給一些依然沒有定論的爭辯與疑問提供一點參考，實在慚愧。但若能招來一些批評，也算是拋磚引玉。我的專業是思辨哲學，淺薄的生理學知識僅僅來自讀過的一兩本書。卡爾維爾對火星人死因的分析令人信服，幾乎已成公認的結論，因此我寫進了前文。

戰爭結束後大家檢查了火星人的屍體，只發現了已知的地球上的細菌。他們不埋葬死去的同胞，殺戮毫無顧忌，也佐證了他們並不瞭解細菌引發的腐壞。不過，這一推論雖然說得很通，卻也沒有獲得證實。

火星人使用的致命黑色粉末是什麼物質，至今不得而知。火流如何生成，亦是未解之謎。伊靈和南肯辛頓實驗室的駭人災難讓分析師不願再對後者進一步研究。經過光譜分析，發現黑色粉末含有一種未知的元素，能發出三條明亮的綠色光線，並且可能可以和氫合成一種物質，使血液裡的某種成分中毒。更多此類未被證明的推測，可能閱讀此書的一般讀者也無意瞭解。謝珀頓遭受襲擊後，順著泰晤士河流下的褐色浮渣，沒有人做過檢測，至今也沒有聽說有任何檢測的計畫。

幸虧覓食的狗嘴下留情，對火星人的解剖分析才得以完成，其結果我不再贅述。大家更熟悉的，是自然歷史博物館那令人驚歎的幾乎完整的標本，以及根據標本所做的無數畫作，除此之外，對其生理構造的研究，就完全是科學家才會感興趣的話題了。

更重要、大家也更關心的一個問題，是火星人是否還會捲土重來。迄今為止對這個問題的關注，我認為是遠遠不夠的。現在火星與地球處於太陽的兩側，一旦兩者運行到太陽同側，我個人認為火星人會再次發動進攻。無論如何，我們都應該做好準備。我們應該可以確定火星人發射飛行器的方位，這樣就可以對火星的那個區域加以持續的監測，為下次襲擊做出預警。

如果火星人再次來到地球，人類應在飛行器冷卻前用炸藥或炮火將其銷毀，以防火星人在飛行器冷卻後爬出來，或者，可以在飛行器打開時用槍炮將火星人擊斃。在我看來，火星人在第一次襲擊後失去了很多優勢。不過，可能在他們眼裡，處於劣勢的是我們吧。

萊辛有十分精彩的推論，猜測火星人已經順利在金星落腳。七個月前，火星、金星和太陽成一直線。也就是說，火星和金星的視角完全相反。隨後，金星表面出現了一個明亮而蜿蜒的奇怪光斑，幾乎同時，火星表面的照片上出現了相似的圖案。你只要把兩張照片放在一起，就一定能看出兩者不可思議的相似之處。

無論火星人是否會再次侵略地球，我們對人類未來的思考都產生了深刻的變化。我們現在知道了，地球不是封閉的星球，也絕不是人類永恆的安樂窩。我們永遠無法預測，在我們看不見的外太空，是否藏著天使或惡魔，在某一天突然降臨地球。如果放到宇宙的宏偉進程中來看，這次侵略對於人類來說或許並非沒有益處。它使我們從滋長墮落的安逸與對未來的自信中清醒過來，極大地推動了科學的發展，強化了人類命運共同體的意識。或許在浩渺的宇宙另一邊，火星人看見了先遣部隊的失敗，學習了經驗教訓，因此得以在金星上站穩了腳跟。不管怎樣，在接下來很長一段時間裡，世人對火星亮面的觀測一定不會鬆懈，每當有流星像灼熱的箭矢般劃過天空，落到地面，人類的子孫都會不可避免地有所警惕。

人類前所未有地拓展了世界觀。在火星人的飛行器落下之前，有許多人認為，除了我們這顆小小的星球表面，宇宙的深空裡不存在其他生命。如今，我們的眼光放遠了。如果火星人能抵達金星，人類為什麼不可以？太陽正在緩慢地冷卻，地球最終會不適宜人類居住，那麼在地球上開始的人類生命線，終究要編織成一張網，去捕捉臨近的星球。

我的幻想朦朧又美好——生命從這個太陽系裡小小的溫床開始，穿過廣闊無垠、毫無生機的宇宙空間，慢慢向外散播。但這只是個遙遠的夢。可能消滅火星人只是我們暫時得救罷了。亟須改變未來的是火星人，而不是我們（當然只是一種可能）。

我必須坦言，這段時間的危險與壓力，在我心裡留下了無法消除的疑慮和不安。我坐在書房裡的檯燈下寫字，會忽然看見腳下正在重建的山谷又燃起熊熊烈火，感覺四周的房屋又變得空無一人。我走到拜弗利特路上，車輛來來往往，有的馬車裡是屠夫的學徒，有的坐滿了外地來的人，還有騎車的工匠、去上學的小孩，忽然他們都變得模模糊糊、很不真實，我好像又和炮兵走在烈日下，四周是令人恐懼的寂靜。有時在夜裡，我看見黑色的粉末落滿了無聲的街道，蓋住了扭曲的屍體，他們站起來，衣衫襤褸，被咬得殘缺不全，向我撲來。他們嘀哩咕嚕地說著話，越來越凶狠、蒼白、醜陋，最後變成了完全失去人性的瘋子。然後我從夢中驚醒，坐在黑夜裡，又冷又難過。

我去了倫敦，艦隊街和河濱一帶熙熙攘攘，我卻覺得這些都是過往的鬼魂。他們在寂靜荒涼的街道裡來回遊蕩，都是死城裡的鬼影。他們附上了有活力的身體，才看起來像活人。在寫下這最後一章的前一天，我又站上了櫻草花山的山頂，有一種奇怪的感覺。我看著鱗次櫛比的房屋，在薄霧的籠罩下成了藍色，向朦朧的天際延伸，最終消失不見。我看著大家在山坡上的花田間走動，看著大家來參觀仍然矗立在那裡的火星機器，聽著孩子嬉笑打鬧。我回想起那天所見的一切，在晨曦之中，明亮、清晰、冷酷、寂靜，那是多麼美好的一天……

最讓我感到奇怪的，是我又握住了妻子的手。在我以為她死了、她以為我死了之後。

譯後記

相比於一個多世紀前的《世界大戰》，中國讀者對以「三體」之名走向世界的《地球往事三部曲》可能更熟悉。劉慈欣在小說中將宇宙比作「黑暗森林」：在生存的壓力下，每個文明都是神經緊繃的帶槍獵人，只要發現了其他文明，哪怕是一點線索，無論對方是天使還是魔鬼，最安全的做法只有開槍。

威爾斯在《世界大戰》的開篇有類似的猜想：環境惡化的火星不再適合居住，火星人在生死存亡的關頭開始尋找新的家園，「不侵略，就滅亡，別無選擇」。在簡單地提及道德的話題後，小說很快轉入了完全私人的視角，開始回答這樣兩個問題——災難發生時，人類的家園（或者說英國的鄉村和城市）會變成什麼樣？人類會變成什麼樣？

一

《世界大戰》於一八九七年以連載的形式問世，講述了火星人入侵地球後，敘事者在逃亡路上的各種遭遇與見聞。

威爾斯早年修讀科學，十九世紀八〇年代末開始嘗試科幻寫作（詳見本書作者大事年表）。到了《世界大戰》發表時，威爾斯已經出版了多部科幻作品。和其他作品一樣，《世界大戰》中也有許多科學理論的影子。這也是成就小說寫實風格的重要因素。

前面提到，威爾斯將火星人侵略地球的原因設定為環境惡化，很容易讓人聯想到達爾文主義的適者生存。火星人的結局也彷彿是在佐證天擇的理論。另外，在解釋火星環境為何惡化的部分，作者也從「星雲說」出發，提出了氣候變遷的假說。

威爾斯不僅受過科學教育，而且會很積極地發表社會觀點。因此，《世界大戰》除了探討物種關係的變化，還花了不少筆墨來描寫火星人入侵帶來的社會變革。這一變革既有人類內部的，也有文明之間的。

作者借用豐富的細節，描繪了極為混亂的末世景象。這種混亂的本質，是人類社會內部的秩序變化。窮人和富人一起逃難，車站幾乎全面癱瘓，男人開始搶劫女人……原本怡然自得，甚至不易動搖的社會秩序，在一夜之間崩潰。

對文明關係的思考，貫穿著整部小說。一向以為自己代表著文明最高水準的人類，變成了任由火星人奴役的低等群體。作者藉炮兵的想像推演：如果火星人統治了地球，人類只能住在下水道裡，與野獸無異，而唯一的出路，是「傳承和增長知識」，製造出和火星人相當的武器。他還寫道：「在這場大戰中，人類……一定學到了憐憫，憐憫那些被我們主宰、受我們折磨的沒有智慧的生物。」

作者肯定了社會階級的高低是由文明發展的水準來決定的，而非與生俱來的基因。更有趣的是，炮兵認為小說、詩歌是「讀著玩的」，世人要多讀那些「有想法的科學書」。與其說作者對文明的定義有狹隘之處，不如說這是一種誇張而自嘲的幽默。

除了火星文明和人類文明，小說還有一個埋伏在暗處的角色，那就是微生物。微生物在情節上發揮了非常重要的作用，我想這也是為什麼作者將小說命名為「The War of the Worlds」——這場戰爭不僅僅是兩顆星球的，更是不同世界的。人類肉眼無法觀察到的世界，並不代表它不存在，並不代表它不重要。

人類對天外文明的想像自古有之。在科幻小說的歷史上，《世界大戰》也並不是第一個涉足「火星」的作品。但之前的小說大多關於人類的火星之旅，或者將火星人描寫為與人類相似的生物。在英語世界中，《世界大戰》最早提出了火星文明，詳細描寫了外星文明入侵地球的景象，因此成為這一文類的經典。

二

除了豐富的科學細節，構建這部小說寫實風格的另一個重要手段，便是敘事視角。透過獨特的敘事視角，小說講述的故事彷彿會發生在任何人（或者說英國人）身上。

小說使用了第一人稱，但敘事者沒有明確地介紹自己的身分，只提到自己「忙著寫幾篇關於文明進化過程中道德如何演變的論文」。不過，敘事者能夠結識天文學家，並且和他一起去天文臺觀測天體，或許可以推斷，他至少是一名在相關領域有所建樹的學者。小說中途有一次視角的轉換，主人公切換成了「我」的弟弟。他在倫敦讀醫，那幾天正好在上生物補習班。如此說來，兄弟兩人對於外星文明或外星生物，應該有多於常人的知識和心理準備。

但是，在小說的主要情節——「逃難」——之中，兩人的專業知識並沒有派上很大的用場。「我」對火星人的瞭解，只是為了補充知識或者是增強現實感偶爾出現。唯獨有跡可循的是「我」對火星人異於常人的好奇。

來自火星的飛行器剛降落時，「我」與普通民眾一樣，也到公地上去圍觀「隕石」；火星人爬出飛行器時，「我」也自認沒有膽量，只是躲在遠處偷看。害怕與好奇交織的心情，其實是很自然的。至於「我」因為害怕，而逃過一命，很難說是有知者有畏。送妻子去避難以後，「我」因為好奇而折返，甚至「有些興奮」，「希望他們被消滅的時候，自己在現場」，便是格外的興趣使然了。

不過，作者並沒有讓好奇再持續下去。「我」在目睹了可怕的火星生物之後，終於「蜷縮在樓梯腳，背靠牆壁，止不住地顫抖」。從這裡開始，推動情節的情緒完全變成了求生。「我」躲在水下的那一段遭遇，幾乎已經是本能的反應；到了躲進煤窖，再到在死城倫敦裡行走，驚悚和疲倦都走向了極致。「我」的大部分活動，都是在災難面前的被動選擇，或者說，「我」並沒有參與了與火星人的戰爭之中——假如人類和火星人的交火算得上戰爭的話。

如果說「我」是幸運的落單者，那麼從倫敦逃出來的弟弟，就和大多數難民一樣，只是「奔流成河的社會機體的一滴」。他的見聞，可能更加普適。逃難不忘帶上金銀細軟的人、為了喝口水打起來的人、鋌而走險回倫敦覓食的人，都是很能夠聯繫現實的細節。

寫實主義的設定大大拉近了讀者與角色的距離，讓讀者體會其他文明入侵時作為普通地球人的經歷。作者在小說中提到，火星人的主要目的可能並不是攻擊人類，而是占領地球。但殘酷的毀滅依然展現在了讀者的面前：

被人類趕盡殺絕的，不僅有歐洲野牛和渡渡鳥，還有族內同胞。歐洲殖民者曾對同為人類的塔斯馬尼亞人實行種族圍剿，在短短五十年間將整個民族從地球上抹去。假如火星人抱著同樣的信念侵略地球，我們有資格打著仁慈的旗號去批評他們嗎？

三

一九五三年，根據《世界大戰》小說改編的電影在美國上映。有趣的是，電影中的男主角成了自信樂觀的科學家。雖然情節大抵相似，電影的主題卻悄悄改變了，是對小說的另一種演繹。從電影反觀小說，能發現許多有趣的地方。

「隕石」降臨時，男主角就作出了諸多科學解釋。火星人發起攻擊時，他駕駛飛機，帶領女主角逃出生天。當兩人被困在鄉間小屋中，女主角的情緒幾乎失控，他安慰道：「別擔心，只要它們是肉身凡胎，就一定有弱點。我們一定能找到辦法阻止它們。」火星人機器的觸手探進煤窖，敘事者屏住呼吸絕望地祈禱，是小說中最驚悚的場景之一。而在一九五三年的電影中，當面臨火星人的電眼時，男主角依舊不忘科學觀察，甚至英勇地砍斷了已經碰到了女主角肩膀的火星人的觸手。可以看出，書中「人類」的代表，在電影中變成了「科學」的化身。電影想要探討的，不再是一個文明被另一個文明入侵的感受，而是「科學」在其中扮演的角色。

這樣的自信，在電影中並非男主角獨有。面臨殘暴的火星人，人類的應對措施，或者說迎戰之積極，是小說中看不見的。在一般的軍事打擊節節敗退後，軍方自信地認為，原子彈是拯救人類的最後法寶。電影應該無意鼓吹科學，畢竟火星人在遭到原子彈轟炸後依然毫髮無損。

小說對科學的肯定是毋庸置疑的。從開篇起，作者就提到火星人的智慧與科技遠超人類；炮兵提出的臥薪嘗膽之法，也是追趕火星人的知識水準。但科技的發達一定能帶來絕對的勝利嗎？除了結尾的奇蹟，小說還有一個很有意思的情節：火星人轟炸謝珀頓時，人類的炮火居然憑運氣擊中了一個火星人。這是否在暗示，人類在征服其他文明時，即使面對的是一隻渡渡鳥，也並非完全沒有代價？

四

前面說過，小說寫的是個體在文明入侵時的遭遇。那麼敘事者作為個體，結局如何呢？在火星人死後，甚至在同一天，世界已經開始痊癒。無論是文明，還是人類，都恢復得比想像要快得多：

生命的脈搏會越來越強烈，在空無一人的街道裡、廣場上重新振動起來。

人類的未來是「朦朧又美好」的，可是「我」呢？在小說的最後，作者依然用不小的篇幅，來描寫「我」飽受夢魘的折磨。戰爭過後，文明可以重建，個體的精神創傷可以治癒嗎？

被困在破房子裡的時候，「我」幾次想起妻子，可以看出，妻子是「我」的精神支柱，至少是「我」在生死關頭牽掛的人。「我」一度以為她已喪生，卻奇蹟般地與她重逢。但這種重逢帶來的慰藉，或許在情節上帶給讀者的釋然，與敘事者本身得到的療癒，是不對等的。「我」握住妻子的手之後，感受到的是「奇怪」，而不是災難片（包括一九五三年的電影）中常見的那種童話般的喜悅。

翻譯此書的時候，是新冠肺炎疫情發生期間。無論是社區健康，還是國際社會，不確定的因素像浪潮一樣席捲而來，大家的生活都發生了各種深刻的變化。醫學的發展能夠讓人類迎來春天，但更隱祕的是人的心靈。經歷了一切，或者正在經歷一切的人，該如何找到新的平靜？小說沒有給出答案，電影的結局似乎也並不讓人信服，這就留待讀者在文本之外去思考了。

二〇二〇年九月七日

附錄
赫伯特·喬治·威爾斯大事年表[1]

一八六六年（誕生）

九月二十一日，出生於英國倫敦東南部肯特郡布羅姆利（Bromley）的一個貧寒家庭。其父約瑟夫·威爾斯（Joseph Wells）和其母薩拉·尼爾（Sarah Neal）共育有三男一女，威爾斯是最小的孩子。約瑟夫·威爾斯做過園丁，薩拉·尼爾做過女傭。

當時，威爾斯的父母經營著一家店鋪，售賣瓷器和體育用品，但收益甚微。此外，父親還是一名職業板球運動員，效力於肯特郡板球隊，其比賽收入是威爾斯一家的重要經濟來源。

一八七四年（八歲）

意外摔斷了腿，臥床休養期間，父親為他從圖書館借來了各種書籍，這些書籍帶他進入了外面的世界，也

1 由陳震編譯。

激發了他寫作的欲望。他由此養成了閱讀的興趣和習慣。

同年九月起，威爾斯開始在湯瑪斯．莫利商業學校（Thomas Morley's Commercial Academy）就讀，直至一八八〇年六月。

一八七七年（十一歲）

父親大腿骨折，這場意外斷送了他作為板球運動員的職業生涯，也讓威爾斯一家失去了主要經濟來源，而微薄的店鋪收入難以維持生計，生活更為窘迫。於是，威爾斯和幾個哥哥開始進入社會謀生。

一八七九年（十三歲）

十月，母親透過遠親亞瑟．威廉姆斯的關係，為他在伍基（Wookey）的學校安排了學生助教（pupil-teacher，為低年級學生上課的高年級學生）的工作，半工半讀。

然而，同年十二月，威廉姆斯因教學資質問題被學校解雇，威爾斯也只得離開。

在米德赫斯特（Midhurst）附近做過短期藥劑師學徒、在米德赫斯特文法學校（Midhurst Grammar School）當了一小段時間的寄宿生之後，威爾斯與一家布商簽訂了學徒工協議。

一八八〇－一八八三年（十四－十七歲）

在海德氏南海布料商店（Hyde's Southsea Drapery Emporium）做學徒，每天工作十三個小時，和其他學徒住在一間宿舍裡。這段難以忍受的經歷日後啟發他寫下了《命運之輪》（*The Wheels of Chance*）、

《波利先生的故事》（*The History of Mr. Polly*）和《基普斯：一個簡單靈魂的故事》（*Kipps: The Story of a Simple Soul*），這幾部小說描繪了一個布店學徒的生活，並對社會財富的分配提出了批評。

一八八三年（十七歲）

說服父母不再送他去做學徒，再一次得以進入米德赫斯特文法學校，成為學生助教。

拉丁語和科學都學得很好，給校方留下了深刻的印象。

一八八四年（十八歲）

獲得助學金，進入位於南肯辛頓的科學師範學院（Normal School of Science，即皇家科學院的前身，如今隸屬於英國帝國理工學院），學習物理學、化學、地質學、天文學和生物學等課程。其中，生物學課程由著名的進化論科學家湯瑪斯．亨利．赫胥黎（Thomas Henry Huxley）任教。

一八八四－一八八七年（十八－二十一歲）

每週能夠拿到二十一先令（一畿尼）的補助金，得以完成學業。

這一時期，威爾斯對社會改革開始產生興趣，加入了辯論社，與他人一起創辦《科學學院雜誌》（*The Science School Journal*），積極表達對文學和社會的觀點，同時開始嘗試寫小說。

一八八七年（二十一歲）

威爾斯沒能在科學師範學院拿到學位（一說是因為在學年測驗中，地質學成績不及格），便離開了學校，在之後的幾年中以教書為生。

一八八八年（二十二歲）

在《科學學院雜誌》上發表短篇小說《頑固的阿爾戈英雄》（*The Chronic Argonauts*），被視為其代表作《時光機器》的前身。

一八九〇年（二十四歲）

通過倫敦大學外部課程（University of London External Programme），完成動物學的修讀，這時才獲得理學學士學位。

一八九一年（二十五歲）

離開科學師範學院後，威爾斯就沒有了收入來源。他的嬸嬸瑪麗邀請他到她家住一段時間，這解決了他的住宿問題。

其間，他對自己的堂妹、瑪麗的女兒伊莎貝爾·瑪麗·史密斯（Isabel Mary Smith）越發感興趣，隨後向她求愛。他倆於一八九一年結婚。

同年，開始在倫敦大學函授學院教授生物學，一直到一八九三年。教書之餘，為了賺錢，他也為雜誌撰寫短篇諧趣文章等。

一八九三年（二十七歲）

染上了肺出血，休養期間，開始寫作短篇小說、散文、評論，以及科普作品。

第一部著作《生物學讀本》（*Textbook of Biology*）以及與Ｒ．Ａ．葛列格里（R. A. Gregory）合著的《向自然地理學致敬》（*Honours Physiography*）出版。

一八九四年（二十八歲）

愛上了自己的學生艾咪．凱薩琳．羅賓斯（Amy Catherine Robbins），與第一任妻子伊莎貝爾分居。

一八九五年（二十九歲）

五月，與艾咪．凱薩琳．羅賓斯（威爾斯叫她簡）搬到薩里郡的沃金（Woking），他們在市中心的梅伯里路租房子，在那裡住了一年半，並於十月登記結婚。這一年半也許是他整個寫作生涯中最具創造力和最多產的時期。

第一部長篇小說《時光機器》出版，頗受讚譽。

同年出版的作品還有《與一位叔叔的對話》（*Select Conversations with an Uncle*）、《奇妙之旅》（*The Wonderful Visit*）、《杆狀菌遭竊及其他事件》（*The Stolen Bacillus and Other Incidents*）。

一八九六年（三十歲）

《紅屋》（*The Red Room*）、《莫羅博士島》（*The Island of Doctor Moreau*）、《命運之輪》出版。

一八九七年（三十一歲）

《普拉特納的故事和其他》（*The Plattner Story and Others*）、《隱形人》（*The Invisible Man*）、《某些個人事務》（*Certain Personal Matters*）、《三十個奇怪的故事》（*Thirty Strange Stories*）出版。

一八九八年（三十二歲）

《世界大戰》出版。

一八九九年（三十三歲）

《當睡者醒來時》（*When the Sleeper Wakes*）、《時空故事》（*Tales of Space and Time*）、《愛的對策》（*A Cure for Love*）、《荒國》（*The Vacant Country*）出版。

《當睡者醒來時》開創了科幻小說的一條重要血脈：反烏托邦小說。

一九〇〇年（三十四歲）

《愛情與劉易舍姆先生》（*Love and Mr. Lewisham*）出版。

一九〇一年（三十五歲）

《預測》（*Anticipations*）、《最早登上月球的人》（*The First Men in the Moon*）、《機械和科學發展對人類生活和思想可能產生的作用》（*Anticipations of the Reaction of Mechanical and Scientific Progress upon Human Life and Thought*）出版。後者是他的第一本非虛構類暢銷書。

與第二任妻子簡的大兒子喬治・菲力浦・威爾斯（George Philip Wells）出生。

一九〇二年（三十六歲）

《發現未來》（*The Discovery of the Future*）、《海上女王》（*The Sea Lady*）發表。

一九〇三年（三十七歲）

經英國大文豪蕭伯納介紹，加入英國社會主義團體費邊社。

與第二任妻子簡的小兒子法蘭克・理查・威爾斯（Frank Richard Wells）出生。

《十二個故事與一個夢》（*Twelve Stories and a Dream*）、《陸戰鐵甲》（*The Land Ironclads*）、《形成中的人》（*Mankind in the Making*）出版。

一九〇四年（三十八歲）

短篇小說《盲人國》（*The Country of the Blind*）發表，《神食》（*The Food of the Gods and How It Came to Earth*）出版。

一九〇五年（三十九歲）

《現代烏托邦》（*A Modern Utopia*）、《基普斯：一個簡單靈魂的故事》出版。《現代烏托邦》是威爾斯的第一本烏托邦小說。

一九〇六年（四十歲）

《彗星來臨》（*In the Days of the Comet*）、《美國的未來》（*The Future in America*）出版。

一九〇八年（四十二歲）

《新世界》（*New Worlds for Old*）、《大空戰》（*The War in the Air*）、《一勞永逸的事務》（*First and Last Things*）出版。

因與費邊社領導成員蕭伯納產生分歧，威爾斯退出了費邊社。他的長篇小說《安・維洛妮卡》（*Ann Veronica*）和《新馬基維利》（*The New Machiavelli*）反映的就是他在費邊社時期的生活經驗。

一九〇九年（四十三歲）

作為皇家科學院的校友，幫助建立皇家科學院協會，成為該協會的第一任主席。

女作家安珀・里夫斯（Amber Reeves）為威爾斯生下一女：安納・簡（Anna Jane）。威爾斯與安珀的父母是透過費邊社結識的。當年七月，在威爾斯的安排下，安珀與大律師G・R・布蘭科・懷特結婚。安納・簡到十八歲才得知自己的生父是威爾斯。在貝翠絲・韋伯（Beatrice Webb）對威爾斯的「骯髒陰謀」表示不滿後，威爾斯在小說《新馬基維利》中以貝翠絲・韋伯和她的丈夫西德尼・韋伯（Sydney Webb，兩人均為費邊社核心人物）為原型塑造了一對目光短淺的資產階級操縱者「阿爾蒂奧拉和奧斯卡・貝利」。

《托諾－邦蓋》（*Tono-Bungay*）、《安・維洛妮卡》出版。

威爾斯創作過一系列以《托諾－邦蓋》為代表的反映英國中下層社會的寫實小說，但是知名度不如他所寫的科幻小說。

一九一〇年（四十四歲）

《波利先生的故事》出版。

一九一一年（四十五歲）

《新馬基維利》、《盲人國及其他故事》（*The Country of the Blind and Other Stories*）、《牆上的門》（*The Door in the Wall*）、《地面遊戲》（*Floor Games*）出版。

一九一二年（四十六歲）

《婚姻》（*Marriage*）、《偉大的國家》（*The Great State: Essays in Construction*）、《勞工騷動》（*The Labour Unrest*）出版。

一九一三年（四十七歲）

《戰爭與共識》（*War and Common Sense*）、《自由主義及其政黨》（*Liberalism and Its Party*）、《小型戰爭》（*Little Wars*）、《感情熱烈的朋友》（*The Passionate Friends*）出版。《小型戰爭》制定了微型戰爭遊戲中的基本規則，推動了這類遊戲的發展，所以威爾斯也被遊戲玩家認為是「微型戰爭遊戲之父」。但威爾斯其實是和平主義者。

一九一四年（四十八歲）

威爾斯第一次訪問沙俄。

《一個英國人看世界》（*An Englishman Looks at the World*）、《獲得自由的世界》（*The World Set Free*）、《哈曼先生的妻子》（*The Wife of Sir Isaac Harman*）、《結束戰爭的戰爭》（*The War That Will End War*）出版。

比威爾斯年輕二十六歲的小說家和女權主義者麗蓓嘉·韋斯特（Rebecca West）為他生下一子安東尼·韋斯特（Anthony West）。

一九一五年（四十九歲）

《世界的和平》（*The Peace of the World*）、《恩典》（*Boon*）、《比爾比》（*Bealby*）、《輝煌的研究》（*The Research Magnificent*）出版。

一九一六年（五十歲）

《世界將要發生什麼?》（*What is Coming?*）、《布特林先生看穿了它》（*Mr. Britling Sees It Through*）、《重建的要素》（*The Elements of Reconstruction*）出版。

一九一七年（五十一歲）

《戰爭與未來》（*War and the Future*）、《上帝是看不見的王》（*God the Invisible King*）、《一個有理智的人的和平》（*A Reasonable Man's Peace*）、《一個主教的心靈》（*The Soul of a Bishop*）出版。

一九一八年（五十二歲）

《約翰與彼得》（*Joan and Peter*）、《第四年》（*In the Fourth Year*）出版。

一九一九年（五十三歲）

《歷史是唯一的》（*History is One*），《國聯的思想》（*The Idea of a League of Nations*，與他人合著）和《通往國聯之路》（*The Way to a League of Nations*，與他人合著）出版。

一九二〇年（五十四歲）

威爾斯第二次訪問蘇俄，在老友、著名作家高爾基的介紹下，受到了列寧的接見；撰寫了《陰影下的俄國》（*Russia in the Shadows*）。

同年，與高爾基的情人莫拉・巴德伯格（Moura Budberg）發生了關係。莫拉和比她年長二十七歲的威爾斯成了情人。

第一次世界大戰期間，完成了歷史著作《世界史綱》（*The Outline of History*），展現了他作為歷史學家的一面。《世界史綱》開創了歷史普及讀物寫作的新紀元，深受大眾歡迎。

一九二一年（五十五歲）

《救助文明》（*The Salvaging of Civilization*）、《新歷史教學》（*The New Teaching of History*）出版。

威爾斯被提名諾貝爾文學獎。

一九二二年（五十六歲）

《華盛頓與和平的希望》（*Washington and the Hope of Peace*）、《心臟的密所》（*The Secret Places of the Heart*）、《世界，其債務與富人》（*The World, Its Debts and the Rich Men*）、《世界簡史》（*A Short History of the World*）出版。

一九二三年（五十七歲）

《神一般的人》（*Men Like Gods*）、《社會主義與科學動機》（*Socialism and the Scientific Motive*）出版。

一九二四年（五十八歲）

《一個偉大校長的故事》（*The Story of a Great School Master*）、《夢想》（*The Dream*）、《預言之年》（*A Year of Prophesying*）出版。

一九二五年（五十九歲）

《克莉絲蒂娜・阿爾貝塔的父親》（*Christina Alberta's Father*）、《世界事務預測》（*A Forecast of the World's Affairs*）出版。

一九二六年（六十歲）

《威廉・克里索爾德的世界》（*The World of William Clissold*）、《貝洛克先生對〈世界史綱〉的反對意見》（*Mr. Belloc Objects to "The Outline of History"*）出版。

一九二七年（六十一歲）

威爾斯的第二任妻子簡罹癌去世。

《遇到修正的民主》（*Democracy Under Revision*）出版。

一九二八年（六十二歲）

《世界的走向》（*The Way the World is Going*）、《公開的密謀》（*The Open Conspiracy*）、《布萊茨

先生在蘭波島》（*Mr. Bletsworthy on Rampole Island*）出版。

一九二九年（六十三歲）

《曾是國王的國王》（*The King Who Was A King*）、《世界和平的共識》（*Common Sense of World Peace*）、《湯米的冒險》（*The Adventures of Tommy*）、《帝國主義與公開的密謀》（*Imperialism and The Open Conspiracy*）出版。

一九三〇年（六十四歲）

《帕厄姆先生的獨裁》（*The Autocracy of Mr. Parham*）、《生命的科學》（*The Science of Life*，與朱利安．S．赫胥黎和G．P．威爾斯合著）、《通向世界和平之路》（*The Way to World Peace*）、《令人煩惱的代表作問題》（*The Problem of the Troublesome Collaborator*）出版。

一九三一年（六十五歲）

《勞動、財富與人類的幸福》（*The Work, Wealth and Happiness of Mankind*）出版。

一九三二年（六十六歲）

《民主制之後》（*After Democracy*）、《布勒普的布勒普頓》（*The Bulpington of Blup*）、《現在應該做什麼？》（*What Should be Done Now?*）出版。

威爾斯第二次被提名諾貝爾文學獎。

一九三三年（六十七歲）

《未來世界》（*The Shape of Things to Come*）出版。

五月十日，威爾斯的著作被柏林的納粹青年焚燒，並被禁止進入圖書館和書店。

同年，莫拉·巴德伯格離開高爾基移居倫敦，她和威爾斯的情人關係又恢復了。威爾斯一再向她求婚，但莫拉堅決拒絕。威爾斯病危時，莫拉在側照顧。

一九三四年（六十八歲）

在德國筆會拒絕接納非雅利安作家入會後，身為國際筆會主席的威爾斯將德國筆會驅逐出國際筆會，激怒了納粹。

威爾斯在拜訪美國總統法蘭克林·羅斯福之後，第三次訪問蘇聯，代表《新政治家》雜誌（*The New Statesman*）對史達林進行了三個小時的專訪。他告訴史達林，這次他看到了「健康人民的快樂面孔」，與他一九二〇年訪問莫斯科時形成鮮明對比。但他也對基於階級的歧視、國家暴力和缺乏言論自由作出了批評。史達林很喜歡這次採訪，並作了相應的回答。作為總部位於倫敦的國際筆會主席，威爾斯希望自己的蘇聯之行能夠贏得史達林的支持——該筆會保護作家「寫作不受威脅」的權利。

《史達林與威爾斯對話》（*Stalin-Wells Talk*）、威爾斯自傳《自傳實驗》（*Experiment in Autobiography*）

出版。

威爾斯患有糖尿病，同年成為糖尿病協會（現為英國糖尿病協會，英國最好的糖尿病慈善機構）的聯合創始人。

一九三五年（六十九歲）

《新美國》（*The New America*）出版。

威爾斯第三次被提名諾貝爾文學獎。

一九三六年（七十歲）

威爾斯被推舉為英國科學促進會教育科學分會主席。

《挫折之解剖》（*The Anatomy of Frustration*）、《槌球運動員》（*The Croquet Player*）、《能夠創造奇蹟的人》（*Man Who Could Work Miracles*）出版。

一九三七年（七十一歲）

《新人來自火星》（*Star Begotten*）、《布林希爾德》（*Brynhild*）、《探訪康津》（*The Camford Visitation*）出版。

一九三八年（七十二歲）

《兄弟》（*The Brothers*）、《世界大腦》（*World Brain*）、《關於多洛莉絲》（*Apropos of Dolores*）出版。

十月三十日，哥倫比亞廣播公司以即時新聞報導的形式在《空中水銀劇場》（The Mercury Theatre on the Air）節目中播出根據《世界大戰》改編的廣播劇。部分聽眾信以為真，將廣播劇誤認為「火星人入侵地球」的新聞，產生恐慌。該事件成為傳播學的經典案例。

一九三九年（七十三歲）

《神賜的恐懼》（*The Holy Terror*）、《一位共和激進分子尋找熱水的旅行》（Travels of a Republican Radical in Search of Hot Water）、《人類的命運》（*The Fate of Homo Sapiens*）、《新世界的順序》（*The New World Order*）出版。

一九四〇年（七十四歲）

《人類的權利，或者我們為何而戰？》（*The Rights of Man, Or What Are We Fighting For?*）、《黑暗森林中的孩子》（*Babes in the Darkling Wood*）、《戰爭與和平的共識》（*The Common Sense of War and Peace*）、《為了阿拉拉特，所有人上船》（*All Aboard for Ararat*）出版。

一九四一年（七十五歲）

《新世界指南》（*Guide to the New World*）、《你不可能太過小心》（*You Can't Be Too Careful*）出版。

一九四二年（七十六歲）

《人類的遠景》（*The Outlook for Homo Sapiens*）、《科學與世界思想》（*Science and the World-Mind*）、《費尼克斯》（*Phoenix*）、《沒有經驗的幽靈》（*A Thesis on the Quality of Illusion*）、《時間的征服》（*The Conquest of Time*）、《人的新權利》（*The New Rights of Man*）出版。

一九四三年（七十七歲）

《克魯克斯．安薩塔》（*Crux Ansata*）、《莫斯利暴行》（*The Mosley Outrage*）出版。

一九四四年（七十八歲）

「二戰」快要結束時，盟軍發現，黨衛軍在海獅行動中編列了入侵英國後將立即逮捕的人員名單，威爾斯在列。

《一九四二到一九四四年》（*'42 to '44*）出版。

一九四五年（七十九歲）

《走投無路的心靈》（*Mind at the End of Its Tether*）、《幸福的轉折》（*The Happy Turning*）出版。

一九四六年（八十歲）

八月十三日，威爾斯在英國倫敦病逝。他在一九四一年版的《大空戰》序言中寫道，他的墓誌銘應該是：

「我早就告訴你們了，你們這些該死的蠢貨。」

該年，威爾斯第四次被提名諾貝爾文學獎。

世界大戰 / 赫伯特・喬治・威爾斯著；陳胤全譯 . -- 初版 . -- 臺北市：時報文化出版企業股份有限公司 , 2022.06
288 面；14.8×21 公分 . --（愛經典；59）
譯自：The war of the worlds
ISBN 978-626-335-535-4（精裝）

873.57 111008206

本書根據 PENGUIN BOOKS 出版社一八九八年版 *THE WAR OF THE WORLDS* 譯出

作家榜经典文库®

ISBN 978-626-335-535-4

Printed in Taiwan

愛經典 0 0 5 9

世界大戰

作者—赫伯特・喬治・威爾斯｜譯者—陳胤全｜編輯總監—蘇清霖｜編輯—邱淑鈴｜美術設計—FE 設計｜內頁繪圖—J illustrator｜校對—邱淑鈴、蕭淑芳｜董事長—趙政岷｜出版者—時報文化出版企業股份有限公司 108019 臺北市和平西路三段二四〇號四樓 發行專線—（〇二）二三〇六—六八四二 讀者服務專線—〇八〇〇—二三一—七〇五、（〇二）二三〇四—七一〇三 讀者服務傳真—（〇二）二三〇四—六八五八 郵撥—一九三四四七二四時報文化出版公司 信箱—10899 臺北華江橋郵局第 99 信箱 時報悅讀網—http://www.readingtimes.com.tw｜電子郵件信箱—new@readingtimes.com.tw｜法律顧問—理律法律事務所 陳長文律師、李念祖律師｜印刷—勁達印刷有限公司｜初版一刷—二〇二二年六月十七日｜定價—新台幣四二〇元｜（缺頁或破損的書，請寄回更換）

時報文化出版公司成立於一九七五年，並於一九九九年股票上櫃公開發行，於二〇〇八年脫離中時集團非屬旺中，以「尊重智慧與創意的文化事業」為信念。